KB272090

일본 상점 산책

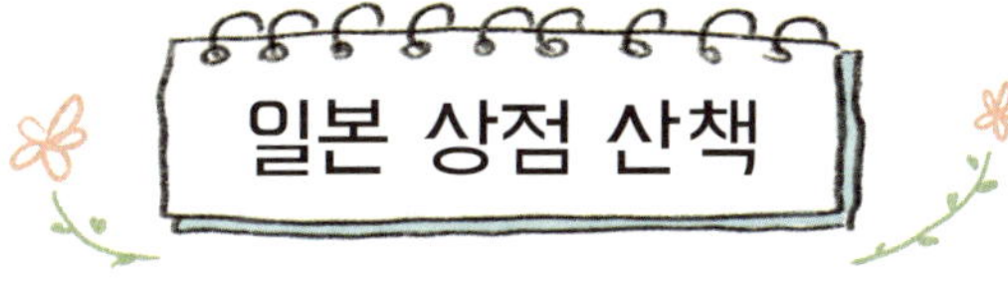

일본 상점 산책

매일 가도 설레는
도쿄·간사이 단골 가게 그림일기

안녕하세요!
이 책을 쓰고 그린
장서영입니다.
저는 도쿄에서 4년,
고베에서 3년,
총 7년 동안 일본에서
살았어요.

시각디자인을 전공했고,
디자이너로 일하고 있습니다.

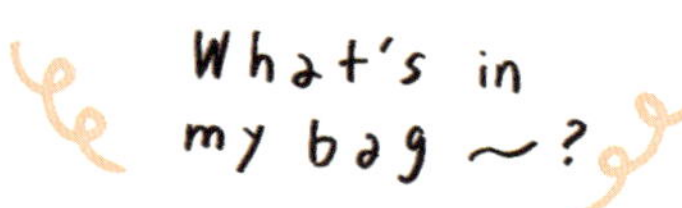

다이어리

필통

지갑

취미는 카페, 베이커리 등
상점 방문하기, 산책하기,
뜨개, 그리고 그림일기
쓰기입니다.

대학 졸업 후 도쿄에 살기
시작한 그 다음 해,
코로나19가 터지면서
완전한 고립을 경험했습니다.

재택근무 + 외출 제한
+ 문 연 곳 없는 가게

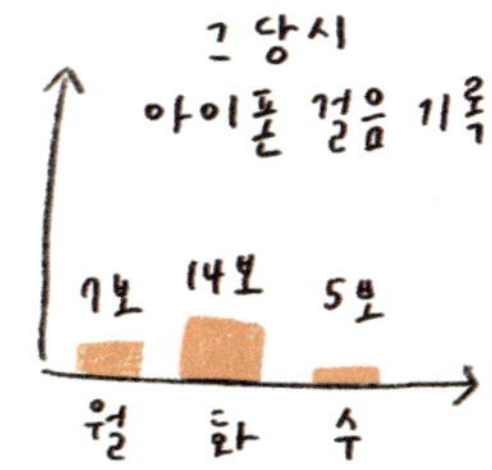

그때 그림일기로 일상을
기록하기 시작하며
숨 막히는 적막함과
심심함을 달래곤 했습니다.

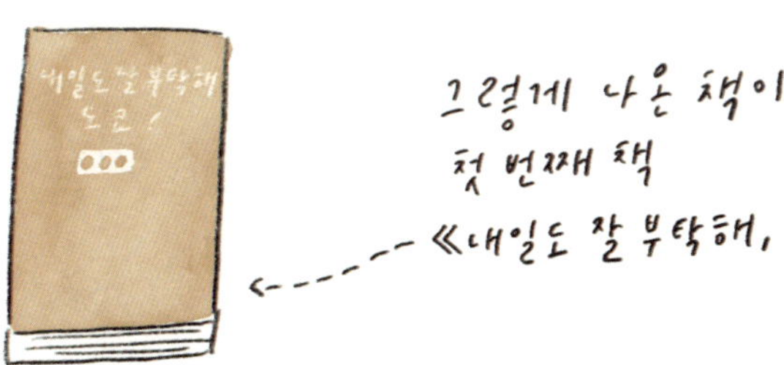

그렇게 나온 책이
첫 번째 책
《내일도 잘 부탁해, 도쿄!》

시간이 지나 상황이 좋아져서
산책도 하고 여러 상점들을
방문할 수 있게 되었는데요,
그때 이런 일상이 얼마나
소중한 건지 깨달았어요.

그때부터 좋아하는 상점들도
기록하기 시작했어요!
이 책은 일본에서 살면서
좋아했던 상점들을
소개하는 책이면서,
그 기록들의 모음집이라고
할 수 있습니다.

이 책에서 소개하는
상점은 일본 최고의 상점은
아니겠지만, 제 소중한
추억이 깃든 공간입니다.

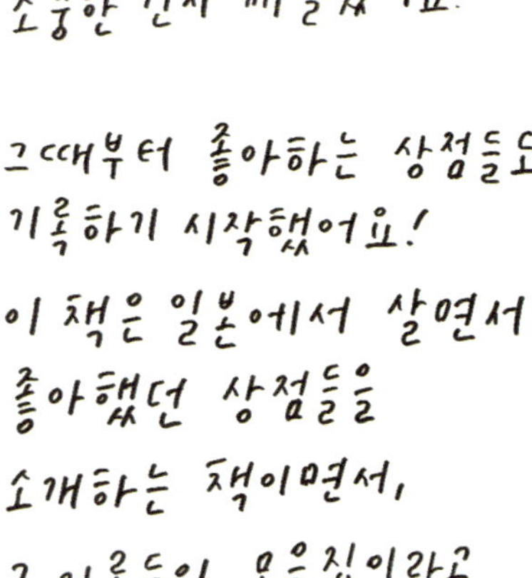

도쿄와 고베에
거주했기에
이번 책엔 도쿄뿐만
아니라 간사이 지방의
상점까지 담겨 있어요.

Thanks To

7년 동안의 추억을 모두
담아 써서 지금은 조금
달라졌을 수도 있어요.

저의 개인적인 경험으로
채워져 있지만
모쪼록 즐겁게 읽어주시면
감사하겠습니다!

첫 책이 출간된 지 벌써
몇 해나 흘렀습니다.
많이 사랑해주신 덕분에
두 번째 책도 나올 수 있게
되었어요.

이 자리를 빌려서
감사하다는 말씀
꼭 전하고 싶습니다.

덕분에 첫 책에서 간략하게
언급했던 공간도 깊게 그려보게
되었네요 ☺

그리고 저와 함께
긴 여정을 함께해주신
편집자님과
출판사 큰 직원분들,

마지막으로
늘 제 편이 되어주는
가족과 친구들에게도
무한한 감사를 전합니다.

감사하는 마음을 담아서,
장서영 드림

목차

1장 / 킷사텐과 카페

2장 / 베이커리와 디저트 상점

일러두기

지명, 상호, 용어 등은 국립국어원 외래어 표기법을 따라 표기했지만
국내에서 이미 굳어진 경우엔 예외로 두었습니다.

1장

킷사텐과 카페

모노즈키

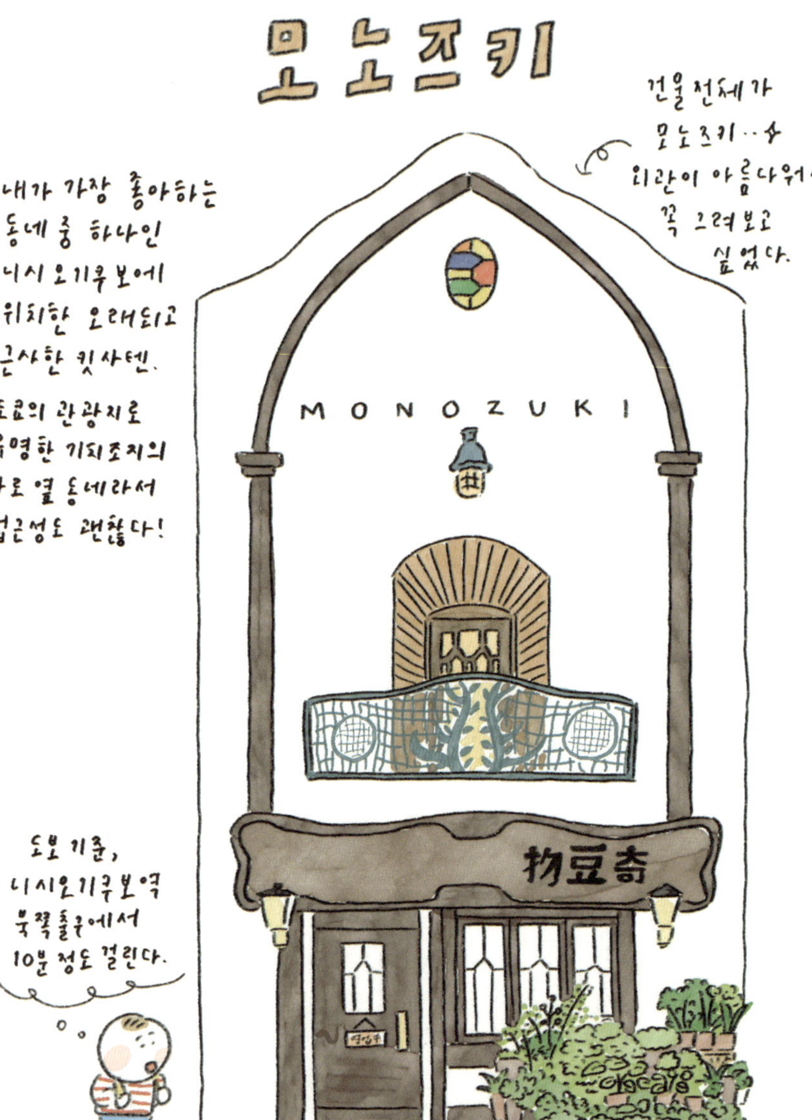

내가 가장 좋아하는
동네 중 하나인
니시오기쿠보에
위치한 오래되고
근사한 킷사텐.

도쿄의 관광지로
유명한 기치조지의
바로 옆 동네라서
접근성도 괜찮다!

건물 전체가
모노즈키…☆
외관이 아름다워서
꼭 그려보고
싶었다.

도보 기준,
니시오기쿠보역
북쪽 출구에서
10분 정도 걸린다.

12

오노즈키 메모

bgm은 오노즈키를 가득 채운 시계들의
째깍거리는 소리다. 정각에는 모든 시계들이
동시에 울리는데, 꽤 신선한 경험이다.

정각 직전이 되면
괜히 시곗바늘을
의식하게 된다.

뻐꾹기,
괘종 등등…
다양한 시계가
각자의 소리를 낸다.

개인적으로 가장
좋아하는 자리는
오노즈키 한가운데의
이 자리..!

넋 놓고 바라보게 되는
빈티지한 시계와 조명.

모노즈키의 메뉴
크림소다
비엔나커피
블렌드커피
아이리시커피
잔들이 전부 아름답다..
그림으로 못담아서 아쉬울 정도!

\ 시폰 케이크 /
시곗바늘 소리를
BGM 삼아서
커피와 케이크
한 입…
가토쇼콜라 /
/ 파운드 케이크\
토스트와
잼 & 버터 /
monozuki
Tokyo, suginami city, Nishiogi kita, 3-12-10

내가 도쿄에서 가장 자주 들른 킷사텐

소레이유

만약 사라진다면 진심으로 속상할 것 같은 공간.
매일 직접 수제 케이크를 만들고 일본에서 가장
좋은 버터중 하나인 칼피스 버터를 사용하는 곳.
맛의 비결은 정성과 좋은 재료다.

1965년 개업 당시부터
지금까지 니시오기쿠보
주민들의 사랑을 받는 곳.

소레이유 앞에는 늘
단골손님들의 자전거가
주차되어 있다.

소레이유 메모

사이폰 커피 추출기가
설치되어 있는
카운터석 테이블

카메라로 남겨둔
소레이유 사진들

평일 오전에 방문하면
조용하고 여유로운 분위기.
주말 점심시간엔 붐비는 편!

디저트도 맛있고
식사도 맛있다.
식사 메뉴 중 가장
좋아하는 건 오므라이스.

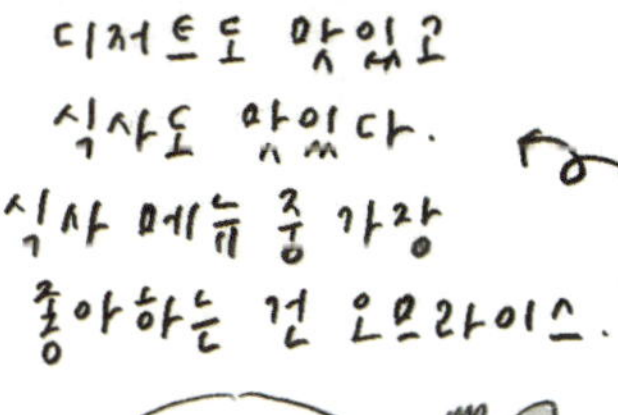

도쿄에 사는 내내 일주일에
서너 번씩 들렀던지라
소레이유의 사계절을 전부
지켜보았다.
그래서 메뉴를 계절별로
추천하고 싶다.

10:00~11:30
한정 메뉴

두툼한 토스트 모닝 세트

메뉴 이름에서 알 수 있듯
식빵이 아주 두껍다.

여름

여름에 친구랑
밤 산책을 하다가 자주 들렀다.
그래서 그런가 소레이유의
여름 방공기가 종종 생각난다.

커피젤리

커피플로트

시소주스

더위가 한풀 꺾이고
가을 제철 식재료를 활용한
맛 좋은 디저트를 먹을 수 있는 계절.

\ 군고구마 푸딩 /

| 무화과 아몬드 타르트 /

\ 펌프킨파이 /

민트잎

생크림

단호박크림

파이지

그 당시 한 조각에
250엔이라는
파격적인 가격과
은은하게 중독되는 소박한 맛.
개인적으로 소레이유에서
가장 좋아하는 메뉴다.

겨 울

핼러윈이 끝나연 카운터석은
크리스마스 오브제로 가득하다.
BGM도 연말 기분이 물씬 나는
캐롤풍 재즈가 흘러나온다.

가게 구석구석에는
크리스마스 카드,
산타가 나오는
그림책들이 있다.
그리고 내 키 만한
트리가 등장!

\자허 토르테 /

은구슬처럼 생긴
식용 설탕 장식

\ 허니밀크 차이 /

사과 조각

/ 구운 사과 \

📍 Coffee House Soleil
Tokyo, Suginami city, Nishiogi minami, 3-15-7

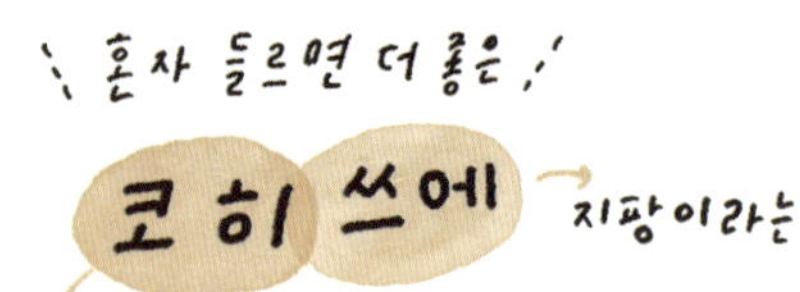

고요한 주택가에 덩그러니
위치한 작은 킷사텐.

점장님은 물론 손님들,
위치까지 조용한 공간.

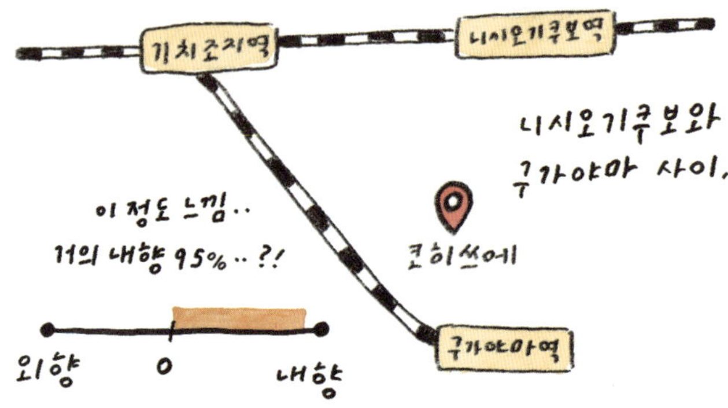

몇몇 손님들이 책장 넘기는 소리,
커피잔이 달그락거리는 소리만 들리는 곳.
잡담하면 혼날 것 같은 공간이지만 그게 매력이다.

자주 앉았던
창가 쪽 자리.

2층은 다다미방을
개조했다.
놓여 있는 테이블이나
의자 같은 가구들은 전부
오래된 것들이다.

오후 3시부터 밤 12시까지
영업하는 곳이라
저녁 늦게 들러도 운치 있다.

예전에 찍어둔 사진

메뉴

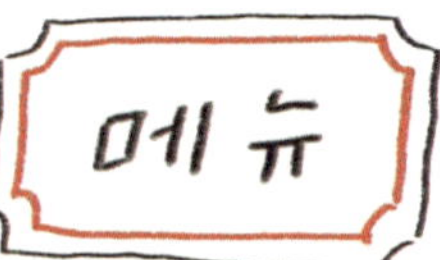

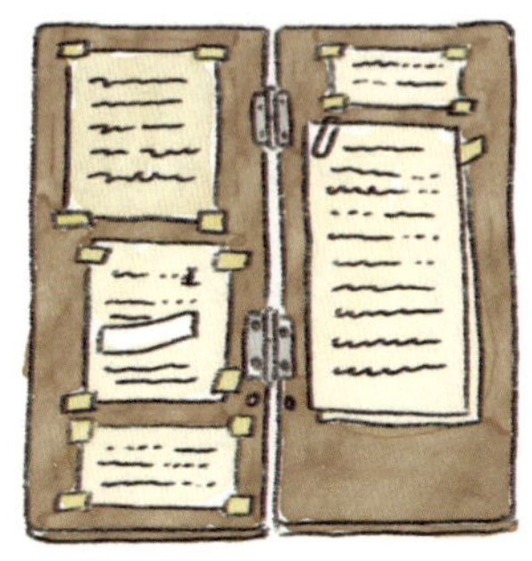

손글씨로 적혀 있어서
더 귀여웠던 메뉴판.

블렌드
커피

늘 귀여운 컵에
내어주신다 ☺

우지 말차
바바로아

쓰에콜라

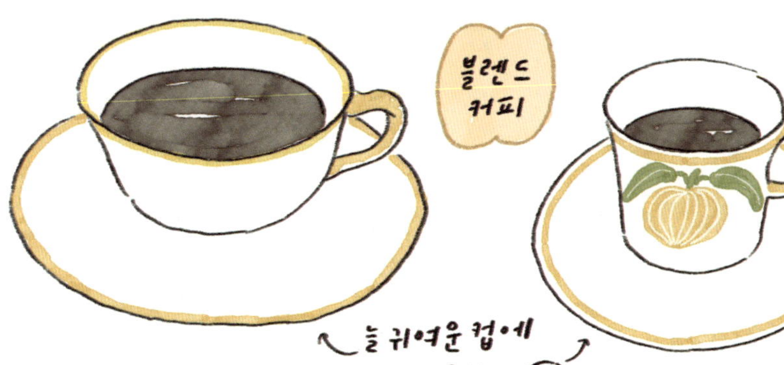

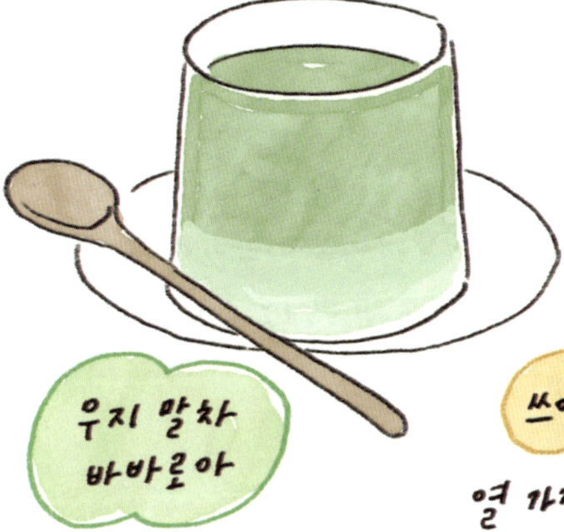

열 가지 향신료가
들어가 있다.

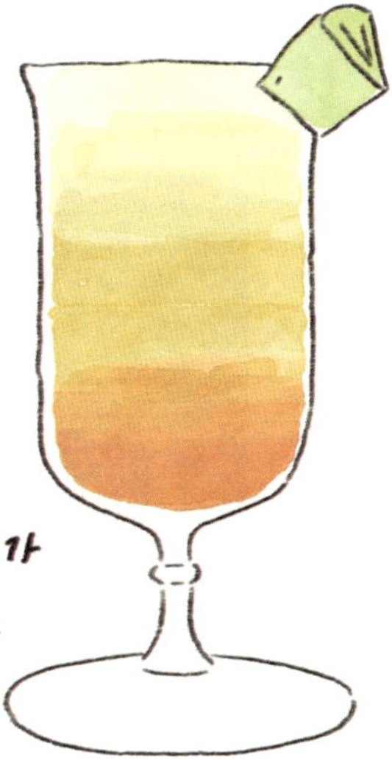

고구마 치즈 케이크
화이트 초콜릿 치즈케이크
테린느쇼콜라
잼 토스트
히로시마산 레몬을 넣은 수제 잼
작은 공간이지만 다양하게 마련된 음료와 디저트! 취향껏 주문해 고요한 시간을 보내길··
Tsue
Tokyo, Suginami city, Shoan, 1-1-26

이노카시라 공원의 작은 킷사텐

도무네코고

일본에 오고나서
처음 맞이했던 겨울,
마음 잘 맞는 단짝과 들른 곳.

기치조지역 바로 옆인
이노카시라공원역에서
녹색 나무를 따라
조금 산책하다보면
어느새 도착 ☆

책장에는 70년대 레코드와
음악과 영화에 관련된 책들이 있다.
좋아할 사람은 분명히
좋아할 만한 공간!

memo

이노카시라 공원을 산책하고 쉬거나
혼자만의 고요한 시간이 필요할 때
추천하고 싶은 곳

PC사용, 장시간 작업 NO !
조용히 책을 읽으며 커피 한 잔 하기 좋다.

바흐의 평균율부터 쳇베이커의 재즈까지..
가게 주인인 히라라 씨는 손님, 시간대, 계절에 따라
어울리는 음악을 정성 들여 고르신다고 한다.

공간 구석구석 소개

창가 자리에 앉았는데
창틀 쪽에 작은 도토리들이
놓여 있었다. 귀여워!!

더운 날에 갔을 때
가게 구석에 있던
매실청 유리병.
여름과 함께 익어 갈 것이다.

작은 책장을
가득 채운
책들

일본 영화의
한 장면이 생각나는
도무네코고의 공간.

선반에는
커피콩이 담긴
커다란 유리병들.

메뉴 소개

멎 종류의 커피와 케이크를
주문할 수 있다.

Tomynekogo
Tokyo, Mitaka, Inokashira, 3-32-16,
セブンスターマンション 102

✿ 유리아 페무페루 ✿

기차조지역 근처
골목에 위치한
동화책에 나올 법한
앤틱한 킷사텐.

유리아 페무페루라는
가게 이름도 귀엽다.

memo

기치조지 남쪽 출구에서
걸어서 5분 정도.

유리아
페무페루

독특한 가게 이름은
일본의 소설가이자 시인인
이야자와 겐지의 작품에서
따왔다.

도쿄에서 처음으로 들른
킷사텐인 만큼
나에게 소중한 공간이다.

1층 창가 자리

조명 밝기가 적당히 어둑해
포근한 킷사텐.

가게 곳곳의 빈티지한 조명들을
구경하는 것도 재미있다!

디저트 메뉴

유리아 페무페루는 나폴리탄 스파게티, 가쓰산도 같은 경양식도 맛있지만,
디저트가 특히 맛있고 가게 분위기랑 잘 어울린다.

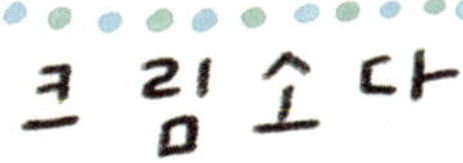

크림소다

사실은 크림소다 맛집!?
커다란 컵을 가득 채운 크림소다는
다양한 색감과 맛으로 즐길 수 있다.

한여름에 친구랑 산책하다가
먹었던 커다란 크림 소다!

라피스 라줄리라는
보석 이름과 같은
파란색 크림소다를 주문했더니
보석 같은 크림소다가 나왔다!

푸짐한
바닐라 아이스크림에
함박웃음..😊

\ 색상도 맛도 다양한 /
크림소다들♡

윤 리버　　하늘색 소녀　와인 레드의 사랑　석류　바이올렛

유리아페무페루라는 이름만큼
크림소다의 이름마저 문학적이다.

/ 지금당장
달려가고 싶다..!

📍 yuriapemuperu
Tokyo, Musashino, Kichijoji Minamicho, 1-1-6

영롱한 크림소다 ..☆

킷사 니카이

오래된 건물을 리모델링한
도쿄의 레트로 + 모던 킷사 니카이.
니카이는 일본어로 '2층'이라는 뜻!
로고에서도 볼 수 있듯이
건물 2층에 있다.

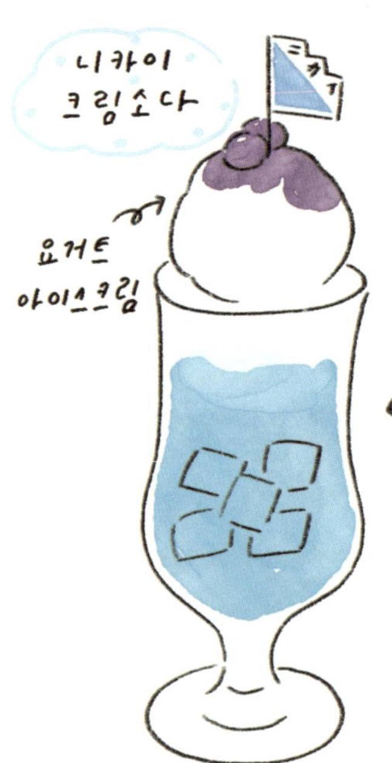

옆 테이블의
대학생 커플이
사이좋게 나눠 먹던
니카이 크림소다

청량한 푸른색 크림소다는
무슨 맛일지 궁금했는데
라무네 맛이었다!

사실 SNS 업로드용
메뉴인줄 알았는데 ...!
큰 실례였다. 아름다운 외형으로
눈도 입도 즐거운 근사한 메뉴 ♡

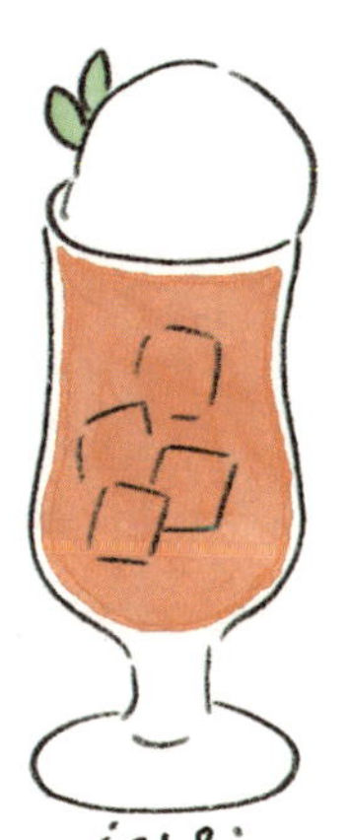

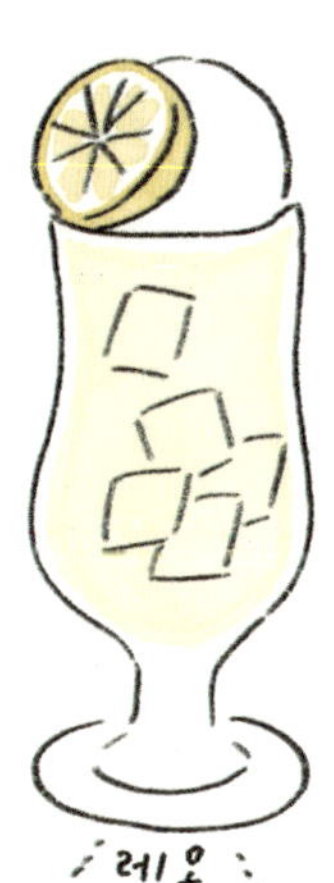

크림소다 하면 제일 먼저
생각나는 멜론 크림소다와
기간 한정 크림소다 등등..
다양한 크림소다가 있다!

앙버터 프렌치 토스트 같은
다양한 디저트 메뉴도 있으니
친구랑 같이 가서
여러 개 주문하기 좋은 곳이다.

킷사 니카이의 푸른색 벽에는
동유럽에서 왔다는
빈티지 액자들이 빽빽이
걸려 있다.
레코드플레이어로
틀어주는 BGM은
쇼와시대의 오래된 가요 ..♬

📍 kissa Nikai
Tokyo, Taito city, Yanaka, 6-3-8

젊은이와 빈티지의 거리 시모키타자와의 재즈 킷사텐
마사코 재즈 & 커피

시모키타자와 check

도쿄의 중심지인 시부야에서
이노카시라선 전철을 타면
5분 정도 걸리는 지역.
역 근처에서는 늘 버스킹이
열리는 낭만적인 곳이다.

시모키타자와역에서
5분 정도 걸으면 마주치는
오래된 건물.
1층에 마사코 간판이
있어서 쉽게
찾을 수 있다.

마사코의 귀여운
커피잔

퇴근하고
집에 가기 괜히
아쉬울 때 자주 들르곤 했다.
멋진 음악과 커피 한 잔으로
완벽한 저녁 ☆

커피 주문 시
미니 쿠키도
함께 제공된다!

음악을 잘 모르지만
아주 수준 높은 음악이
흘러나온다는 것은 알겠다.
평소에 들어본 적 없는
난해한 장르부터 플레이리스트가
궁금해지는 음악까지‥!
작은 음악회에 온 기분.
스피커
벽면 전체가 LP판
앙버터토스트
즐겨 먹은
메뉴들!
카레
Jazz& coffee Masako
Tokyo, Setagaya city, Kitazawa, 2-31-2, 大久ビル 2F

\ 좋은음악, 맛있는 메뉴 /
재즈 & 킷사 하야시

마사코 - 하야시
걸어서 5분도
안 걸린다!

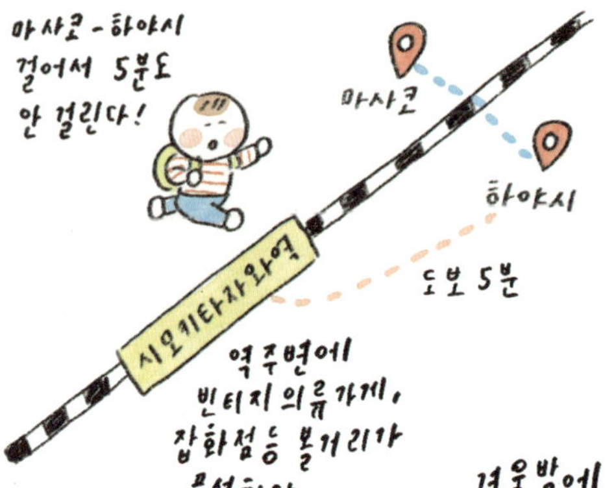

역 주변에
빈티지 의류가게,
잡화점 등 볼거리가
풍성하다.

앞에서 소개한
마사코의 정원이었던
하야시 씨가 오픈한 곳.
재즈 음악과 커피는 물론
종종 라이브 공연도
즐길 수 있다.

겨울밤에 자주 들러서 그런지
어둑한 가게 안의 따뜻한
조명 빛, 좋은 음식 냄새가
떠오른다.

하야시에 들어가면
가장 먼저 눈에 띄는
커다란 통창

카운터 주방 쪽엔
하야시 씨가
커피를 내리거나
요리를 하고 있다.

커피플로트

추천메뉴

부드러운
바닐라맛
아이스크림

달콤한 팥

크림

쌉쌀하고
맛있는
커피

흑설탕 시럽이 뿌려진
팥 푸딩

Jazz & Cafe Hayashi
Tokyo, Setagaya city, kitazawa, 2-9-22
Eiko 下北沢 ビル 3F

펠리컨 카페

귀여운 일본 여성이 떠오르는 깜찍한 펠리컨 카페 ‥☆

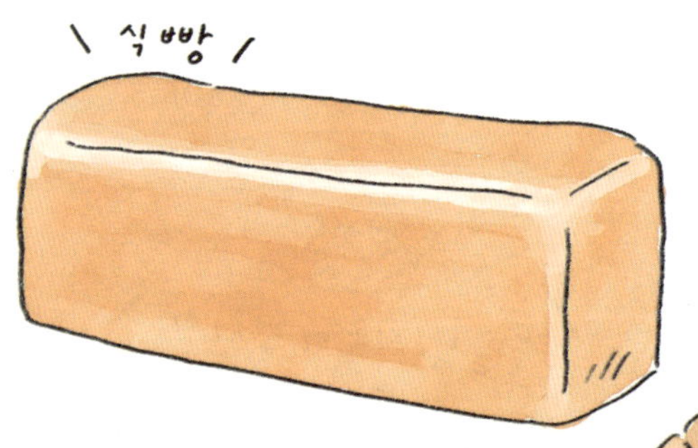

1942년 창업 당시부터
식빵, 롤빵 단 두 종류의
빵으로 사랑 받아온
빵집인 펠리컨.

펠리컨 빵집에서 3분 정도 걸으면
직영 카페인 펠리컨 카페를
만날 수 있다.

추천 메뉴

빵집에서 운영하는
카페인 만큼 식빵을
사용한 메뉴를 추천한다!

두껍게 자른 햄에 페리컨 빵집
빵가루를 묻혀 바삭하게
튀겨낸 햄가스.

\ 햄가스산도 /

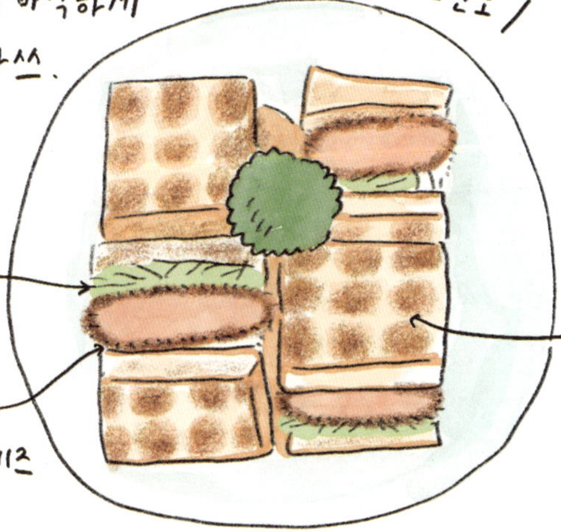

잘게 썬
양배추
페리컨 빵집
식빵
프렌치드레싱,
겨자, 수제 마요네즈

\ 숯불구이 토스트 세트 /

3cm 두께로 자른 식빵을
숯불로 천천히 구운 토스트.

잼
커피

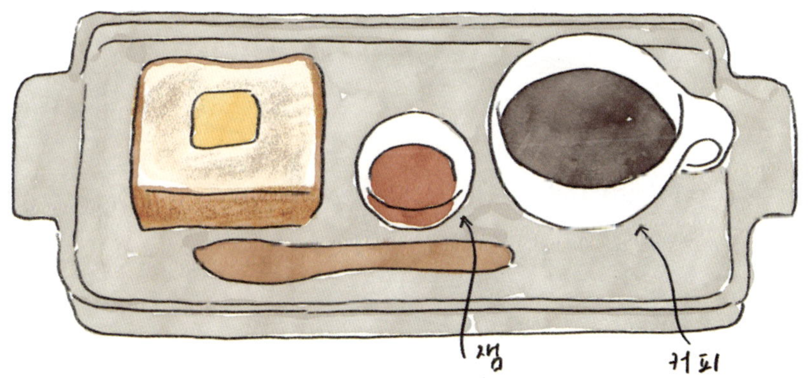

Pelican Cafe
Tokyo, Taito city, Kotobuki, 3-9-11, 1F

긴자 웨스트 아오야마 가든

도쿄 중심지에서
조금 떨어진
노기자카역에서
도보 3분.

도쿄지고는 상대적으로 한적한
동네에 위치한 카페라서
도심의 복잡함을 잠시 잊을 수 있다.

핫케이크와 수플레 등
디저트 메뉴가 다양해
밥보다 빵을 좋아한다면
분명히 마음에 들어할 공간!

넓은 카페 안에서
여유로운 티타임…을
즐기기에는 늘 대기줄이
있을 정도로 붐비지만
추천하고 싶은 곳.

가게 안은 갈색, 흰색 톤으로
레트로한 분위기.

창가에서는 바람에 흔들리는
초록빛 나무가 가득 보인다.

계절의 변화가
보이는 테라스석.

날씨가 허락해 준다면
꼭 테라스석으로 가보시길…!
정원은 늘 정성스럽게
손질되어 있고, 테이블
위의 꽃은 2주마다 바뀐다.

추천 🍴 핫케이크 🔪

주문하면 즉시 바로 구워져 나오는 핫케이크.
아오야마 가든에 들르면 꼭 먹어야 한다.

고르게 익어 연한 갈색에
매끄러운 표면.
꿀을 넣어 만드는 반죽 덕분에
단맛도 느껴진다.

토핑은 버터와
메이플시럽.
아이스크림과
초코 버터를
추가할 수도 있다.

두꺼움!

직경 18cm
생각보다 크다.

속은 푹신…

TIP

커피, 홍차 등 일부음료는
리필도 가능하다.

핫케이크만으로 조금 아쉽다면…

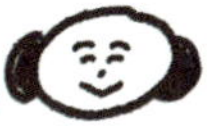

토마토 모차렐라 치즈 오믈렛

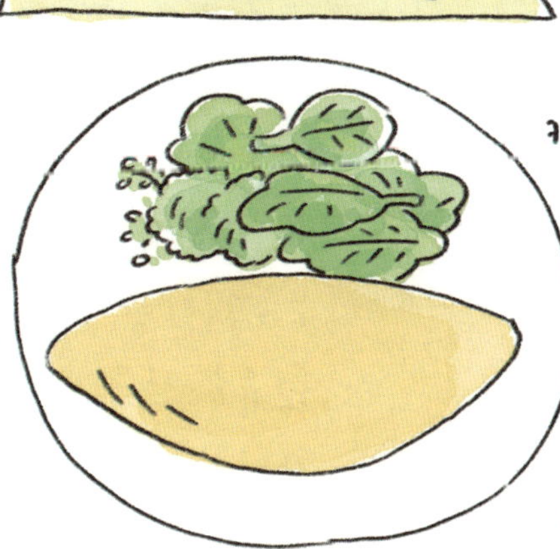

부드러운
계란 안에
토마토와
모차렐라
치즈가 듬뿍
들어 있다.

오믈렛이지만
케첩 없이 나오는 게
특징이다.
계란의
소박한 단맛과
토마토의 신맛,
모차렐라의 짠맛이
조화로운 메뉴.

뜨거운 수플레

핫케이크만큼
유명한 수플레.
스푼으로 갈라서
함께 제공된
크림을
넣어 먹는다.

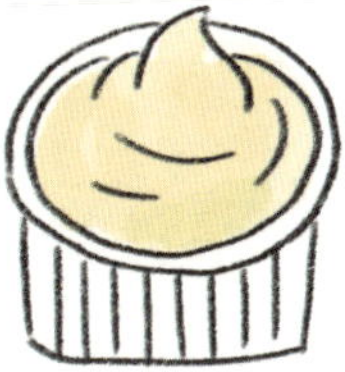

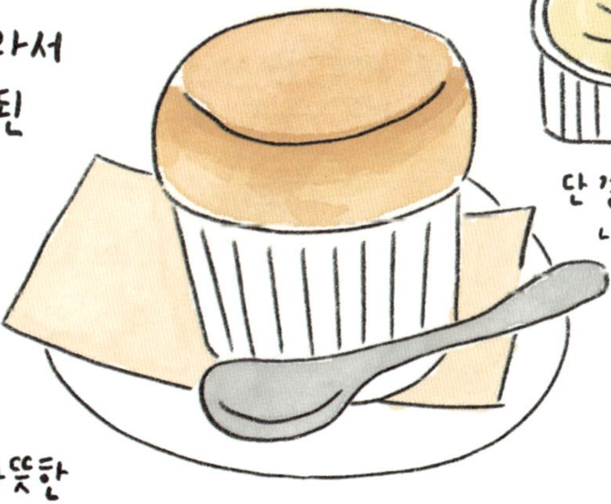

단걸 좋아하는
내가 너—무
좋아하는 맛!

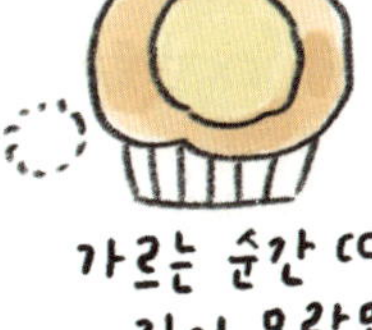

가르는 순간 따뜻한
김이 모락모락…

매장의 쇼케이스에는
케이크와 슈크림,
쿠키 등 디저트들이
즐비하다.

리프파이

대표
MENU

도호쿠 지방 산간의
원유로 만든 버터를 사용하고
장인의 섬세한 손길로
밀가루 반죽을 256겹으로 접어서
탄생한 낙엽 모양 파이.

드라이케이크 모둠

천연향료와 색소 사용해
재료 본연의 맛을 살린
신선한 쿠키 세트.
크기와 종류가 다양해서
선물하기 딱 좋다.

📍 Ginza west Aoyama garden
Tokyo, Minato city, Minamiaoyama, 1-22-10, 1F

중세시대가 콘셉트인 킷사텐
파페루부루구

내 머릿속의 도쿄 지도

나에게 하치오지란
회사 반대쪽 또는 도쿄 반대쪽이었는데
(정말 우울한 개구리 발언..)
이렇게 근사한 킷사텐이 있었다니!

평소에는 도쿄역을 기준으로
이렇게 서쪽으로는 갈 일이 별로
없었지만 파페루부루구 (파펠부르크)
CCH문에 하치오지는
다시 오지 않을까?!

동물의숲 시리즈의
비둘기 마스터가 생각나는
사장님께서 직접 커피를
내려주신다.

파페루부루구 둘러보기

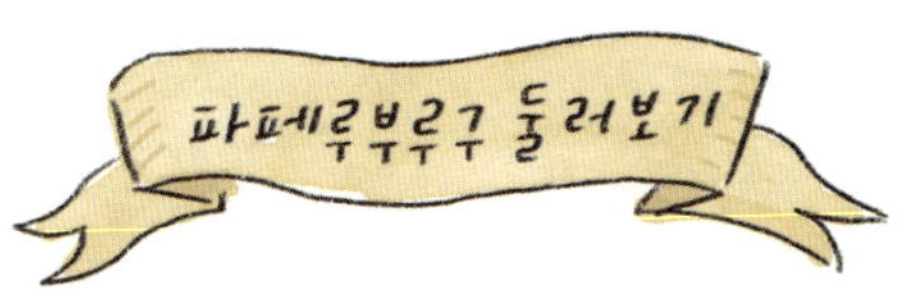

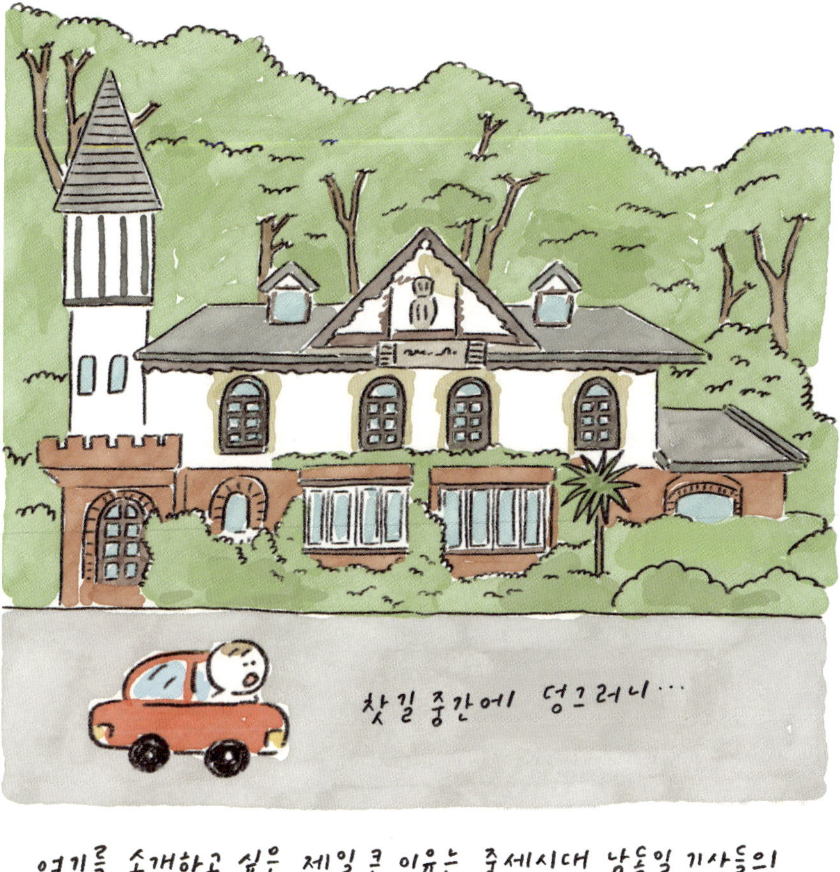

여기를 소개하고 싶은 제일 큰 이유는 중세시대 남독일 기사들의
거처를 모티브로 지은 킷사텐이기 때문!
파페루부루구를 모르더라도 눈길을 사로잡는다.

건물 외벽에
그려진 마녀

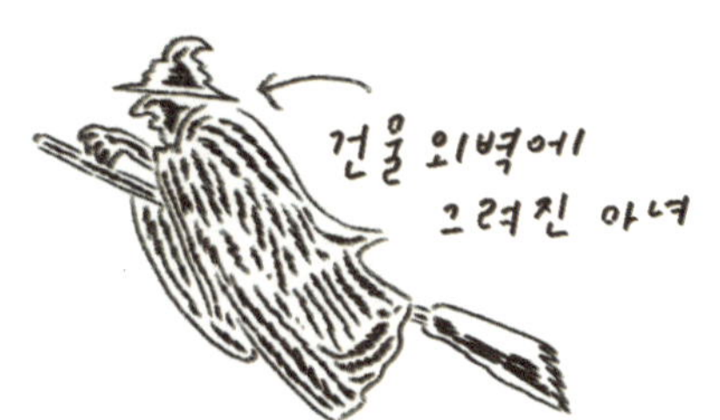

더울 때 갔는데
건물 주변을 둘러싼
초록 잎들이 사랑스러웠다.

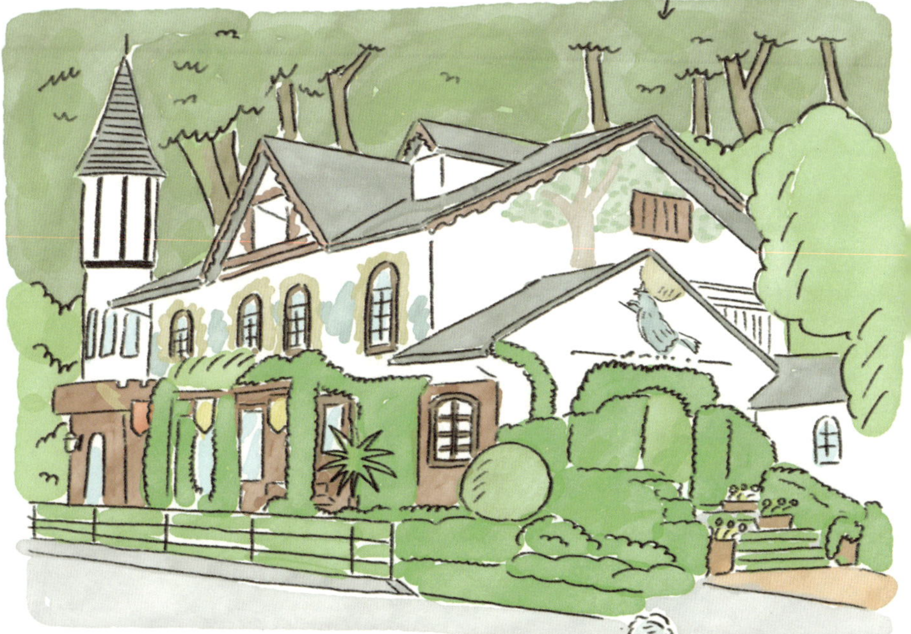

아름다운 조각상.
건물 밖부터 신기한 게 잔뜩..
특별하고 귀한 물건이 많아서인지
미취학 아동은 입장불가.

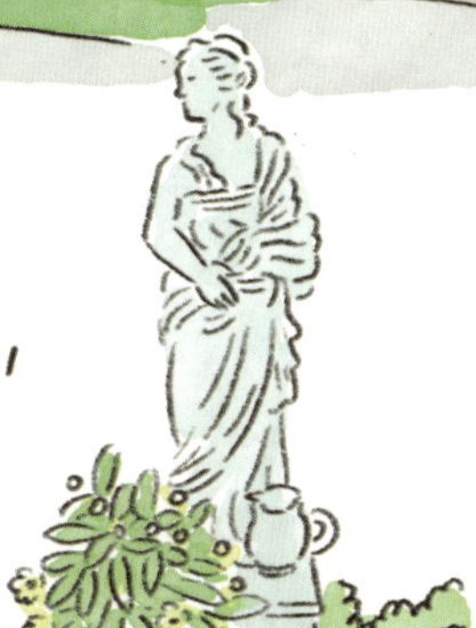

높은 천장에는 프레스코 벽화,
그리고 사슴박제 …!

파페루부루구에 설치되어 있는
프레스코 벽화, 조각, 스테인드글라스는
타마미술대학 교수님의 작품이라고 한다.

중세시대 배경의 영화나 소설이 생각나는 분위기.
50년 정도는 훌쩍 넘은 줄 알았는데
의외로 1991년에 오픈한 신상 킷사텐이라는

독일과 오스트리아의
전통 타르트인

린처 토르테

다양한 허브와
견과류가 들어 있다.

수제 산딸기 잼

일본 고텐야마의
크림치즈로 만든

치즈케이크

벨기에산 고급 초콜릿
2종을 섞어 만든

클래식 초코 케이크

귀족의 티타임..!?
평일 오후 3시 이후부터
주문할 수 있다.

유일한정 & 계절한정
메뉴
망고파르페
레드바질
레드바질
파우더
화이트와인
줄레
망고&오렌지
소르베
미야자키산
망고
프랑스산 푀양틴
(휘양티누)
패션프루츠
& 망고 무스
라즈베리
비네거 줄레
판나코타
딸기줄레
화이트와인&
레몬줄레
딸기포트와인
마리네이드
딸기슬라이스
벨기에
초코무스
마스카르포네크림
딸기크림치즈
무스
딸기파르페

주말 또는 공휴일에
이곳을 들른다면
휴일 한정 파르페를
추천한다.

계절마다 재료들이 바뀌니
계절 한정 파르페도
꼭 경험해보길!

📍 Pappelburg
Tokyo, Hachioji, Yarimizu, 530-1

스마트 커피

교토에선 100년 넘은 가게이더라도 노포라고 안 쳐준다던데..!
그렇지만 내가 아주 좋아하는 킷사텐 중 하나다.
시간이 오래 흘러도 여전히 사랑받는 곳이라는 것
하나로도 충분히 들를 만한 곳.

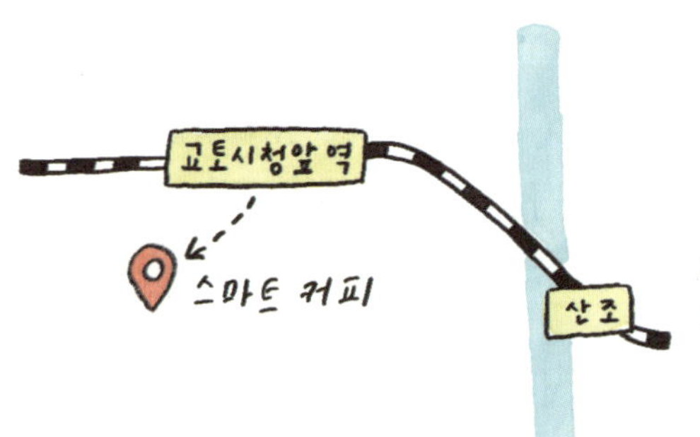

교토시청앞역에서 도보 10분!
주변에서 관광, 쇼핑을 즐긴 후
들르면 좋다.

커피잔을 한손에 들고
수다를 즐기는 커플 로고.
1대 점주가 만들었다.

커피 잔에도
커플 로고가 …!

계단과 로스팅 기계
주변에 놓인 커피캔.

녹슨 것부터 반짝이는
새것도 있다.

덕분에 어느 곳을 바라봐도
아늑하고 고즈넉한 모습이다.

2층은 점심시간이 지나면
카페로 운영된다.

가게 이름인 '스마트'에는
친절한 서비스를 제공하는
가게가 되고 싶다는 마음이 담겼다.
이 마음은 3대까지 이어져왔다.
현재 1층과 2층은
형제가 나눠서 맡고 있다.

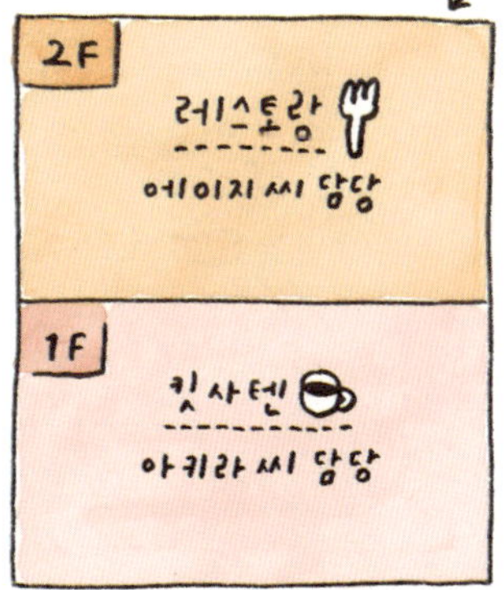

킷사 메뉴

시럽도 수제

핫 케이크

핫 케이크 반죽은
냉장고에서 재운 후 굽는다.
그러면 첫입부터 마지막까지
무르지 않는 식감을 살릴 수 있다고…!

수제 푸딩

계란이나 우유 등
시대와 함께 변화한
재료 특징에 맞추어
반죽의 배합, 굽는 온도 등
레시피를 발전시키고 있다.

커피의 친구들…

프렌치 토스트

50년 동안 레시피를 바꾸지 않은
전설의 프렌치 토스트…!

계란과 샌드위치

계란 샌드위치
스마트 커피의 명물인
푹신한 계란 샌드위치.
계란 세 개에
소금으로 간을 맞추고
강한불로 살짝 익힌
촉촉한 계란말이
Smart
버터, 겨자를
바른 빵
입이 델 정도로
뜨겁게 나오는 것마저 좋다.
믹스 샌드위치
계란 토스트
식빵을 살짝 구워서
바삭바삭한 식감!
빵에 딸기잼이 발라져 있다.
햄과 계란의
실패 없는 조합.

런치 메뉴

점심시간에는 오므라이스나 행버그스테이크 같은
정통 경양식을 먹을 수 있다. 런치 메뉴는 고층 레스토랑에서!

밥, 빵 중에서 고를 수 있다.

메인요리는 아래에서 두 가지를 선택하면 된다.
추가 요금을 내면 음료도 마실 수 있다!

- 크림 고로케
- 새우튀김
- 행버그스테이크
- 포크 소테 (토마토 소스)

- 돈가스 (데미글라스 소스)
- 치킨가쓰 (데미글라스 소스)
- 치킨그릴 (허브 소스 아 토마토 소스)
- 오늘의 일품

버터로 볶은 치킨라이스를
살짝 반숙으로 익힌 계란옷으로
감싼 오므라이스.

같이 나오는
미니 샐러드

< 단품 메뉴 종류 >
- 오므라이스
- 오므하이라이스
- 하이라이스
- 새우라이스
- 치킨라이스

스마트커피의 2층은
1층과는 다르게
레스토랑 느낌 물씬…!

스마트 커피 둘러보기

스마트 커피 1층 공간.
특별 주문했던 샹들리에는
이제 똑같은 걸 만들 수 없다.

손님에게 예전이랑
변한 게 없다는
말을 듣는 것이
최고의 칭찬이라는
3대 점장님

나무와 벽돌에서 따뜻함이 느껴지는 공간.
1대 점주가 뮌헨올림픽 때 유럽 여행으로 들른
스위스의 산장을 생각하여 만들었다고 한다.

가게 오른쪽에는
독일제 로스팅 기계가…!

킷사 메뉴와 경양식을
주로 소개했지만
사실은 커피도 맛있는 곳이다.

가게 구석에는 커피 원두,
커플 로고가 그려진 커피잔 세트도 판매하고 있으니
계산하고 나가는 길에 천천히 둘러보시길!

📍 SMART COFFEE
Kyoto, Nakagyo Ward, Tenshojimaecho, 537

 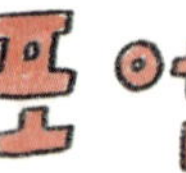 

킷사 포엠

나폴리탄, 토스트, 카레라이스,
오므라이스, 푸딩, 크림소다,
커피가 한결 같이 준비되는 곳.

바쁘게 변하는 시간 속에서
지금까지 그래왔듯 작은 골목에
조용하게 위치한 오래된 킷사텐.

킷사 포엠
관찰일기
카운터 안에서 분주하게
요리하는 점원분
늘 같은 자리에
앉아 계시는 단골 손님
메뉴도, 식기도
늘 좋은 것들로만
사이폰으로
내리는 커피는
왠지 깊은 맛…☆
후루룩—
음식을 주문하면
가게 가득히 퍼지는
좋은 냄새

추천 메뉴

수제 푸딩

크림소다

만화에 나올 법한
아기자기한 경양식.
70년대의 식기에 나오는
수제 디저트 메뉴도
인기랍니다 ♬

오므라이스   가장 좋아하는 메뉴.

피자토스트

카레라이스

철판 나폴리탄

개인적으로 오므라이스와
함께 가장 좋아하는
메뉴이다.

모닝세트

아침 11시까지만 주문할 수 있는
간단한 토스트와 커피.
+다른 모닝세트도 있으니
취향껏 주문해보세요:)

만화책

벽 한 면을 가득 채운
다양한 장르의 만화책들.
자리로 가져가서
자유롭게 읽을 수 있다.

자체 제작 굿즈

작은 가게 구석구석에서
킷사 포엠의 커피콩,
에코백, 타월, 키링 등
오리지널 굿즈들을 판매한다.
특히 커피콩을 담은 자체 제작
패키지가 귀엽다.
선물이나 기념품으로 좋을 듯!

킷사포엠의
자체 제작 굿즈들.
특히 키링은 종류가
아주 다양해서
구경하는 재미가
있답니다!

📍 poem
kobe, chuo ward, Motomachidori, 3-11-15

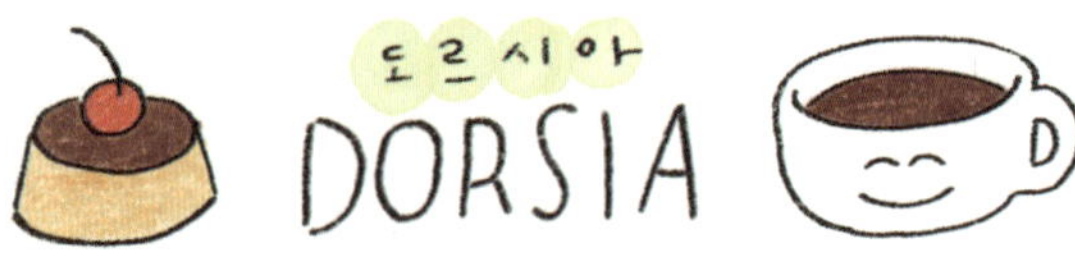

역이랑 조금 떨어진 편인데, 주말에 가면 늘 줄 서야 할 정도로 유명한 곳.

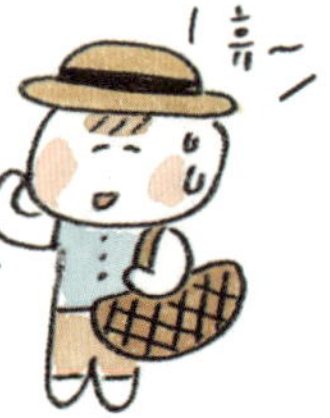

후~

우연히 화요일 아침에
시간이 비게 된 직장인..☆
오픈 시간에 맞춰 갔더니
대기 줄 안 서고 바로 들어갔다.

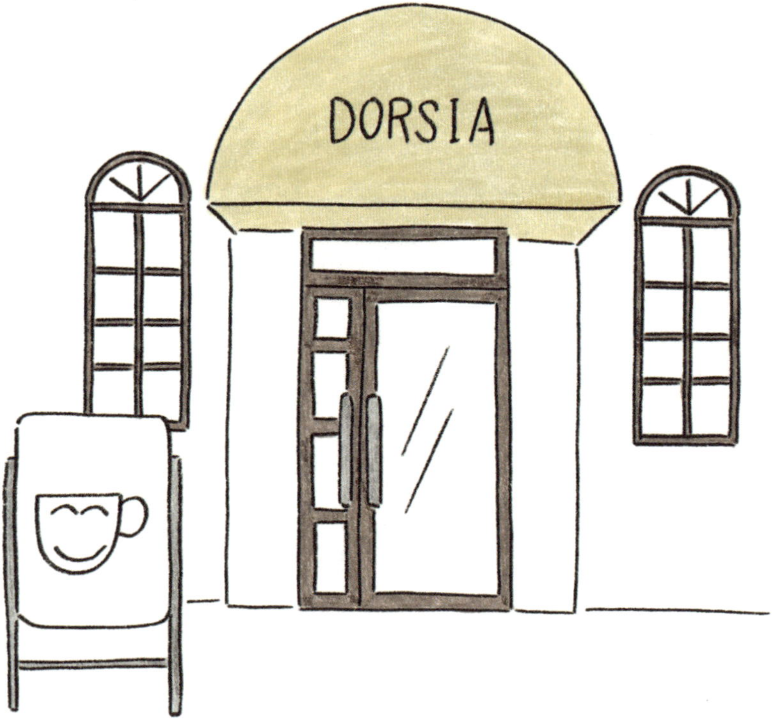

초여름이라
조—금
더웠다.

DORSIA : 아침 8시
귀엽고 친절하신 직원분.
지금도 계실지는 모르겠지만
기억에 남아서
그려본다.
MENU
메뉴 정하면
불러주세요 ~
치이익 ~
주방 안에서는
나폴리탄 만드는 소리가 들렸다.
아침 잘 안먹는데 배고파지네..
비요크부터
이름 모를 소울게,
재즈음악까지
선곡이 세련됐다.
음악을 즐긴다면 분명히
귀가 즐거울 거다 !
평일아침
손님 1
출근 전 킷사텐에서
신문 읽으면서
'모닝세트 주세요 '라니..
내가 꿈꾸는
어른의 모습이다.
평일 아침 손님 2
아찬가지로 출근 전에
아침 식사하러 들르신 듯 !
아마 단골손님 같다.
단골이 있다는 건
그만큼 근사한 가게라는
뜻이겠지 !?
전부 맛있어
보이는군..
메뉴 구성이 알차서
뭘 주문할지 무지 고민했다 !

생각보다 메뉴 종류가 다양했다.
전부 그리고 싶지만 추리고 추려서 기록!

| 크림소다 \
(초록)

| 세리나 크림소다 \
(파랑)

| 모닝세트 \

과일 샌드위치
앙버터 토스트
계란 샌드위치
핫도그
오므라이스
핫케이크

아침에 아무것도 안 먹는 편이라
커피만 주문하려다가
좋은 음악이 나오는 멋진 공간에서
커피만 마시기 아까워서
푸딩도 주문해보았다!

보기만 해도 행복한 수제 푸딩♡
진한 캐러멜 소스가 포인트.
부드러운 계란맛이 느껴지는
정석 푸딩맛.

좋아하는 디자이너인
히라야마 마사나오 씨의
일러스트가 그려진 컵.

티슈에도 일러스트가
그려져 있다.

[領収書]
DORSIA
兵庫県神戸市中央区
旭通3丁目1-29
登録番号：T5140001129398

2024/05/21　10:13:43
レジ：0001　　担当：0030
取引No:RB0120240521090839000

ご利用ありがとうございます。

ドーシアブレンドコーヒー（HOT
　¥500　　　1点　　　　　¥500
自家製プリン
　¥500　　　1点　　　　　¥500

최근에 새로 장만한
디카로 한 컷… ☆
오랜만에 또 가고 싶은
킷사텐을 발견했다!

📍DORSIA
Kobe, Chuo Ward, Asahidori, 3-1-29

2장

베이커리와 디저트 상점

카리나

늘 손님들로 북적북적한 인기 있는 샌드위치 가게.
세월이 느껴지는 레트로한 간판에 발길을 멈추게 된다.
도쿄가 좋은 이유 중 하나는 일본에서 아주 빠른 도시 중 하나지만
이런 곳들이 아직도 구석구석 남아 있다는 것이다.

아버지로부터 가게를
계승한 2대 점주

한적한 주택가인 가미이구사역
북쪽 출구에서 도보 2분

웨이팅 메모

아침 6시에 가게 문을 열자마자
들르는 손님들이 꽤 많은 모양.
가게 문을 연 직후에
샌드위치가 종류별로
모두 나와 있기 때문에
그 시간을 노리는 단골손님들도
계신다고 한다.

영업은 오후 2시까지.
그전에 샌드위치가 전부 소진되어
조기 마감 하는 경우가 많다고 들어서
아침 10시 정도에 방문해보았다.
특히 주말은 오후 12시 전후에는
전부 매진된다고 하니
얼른 가서 줄 서는 것을 추천한다!

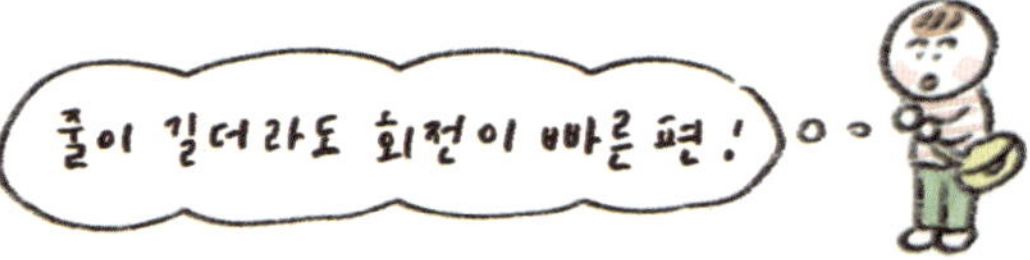

회사 출근길이나 등굣길에
들르는 손님들로 9~11시가
피크타임이다.

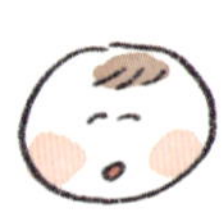

스무 종이 넘는 다양한 샌드위치!
식사로도 손색 없는 샌드위치부터
땅콩크림이나 단팥을 넣은 디저트 샌드위치까지
다양한 종류를 갖추고 있다.

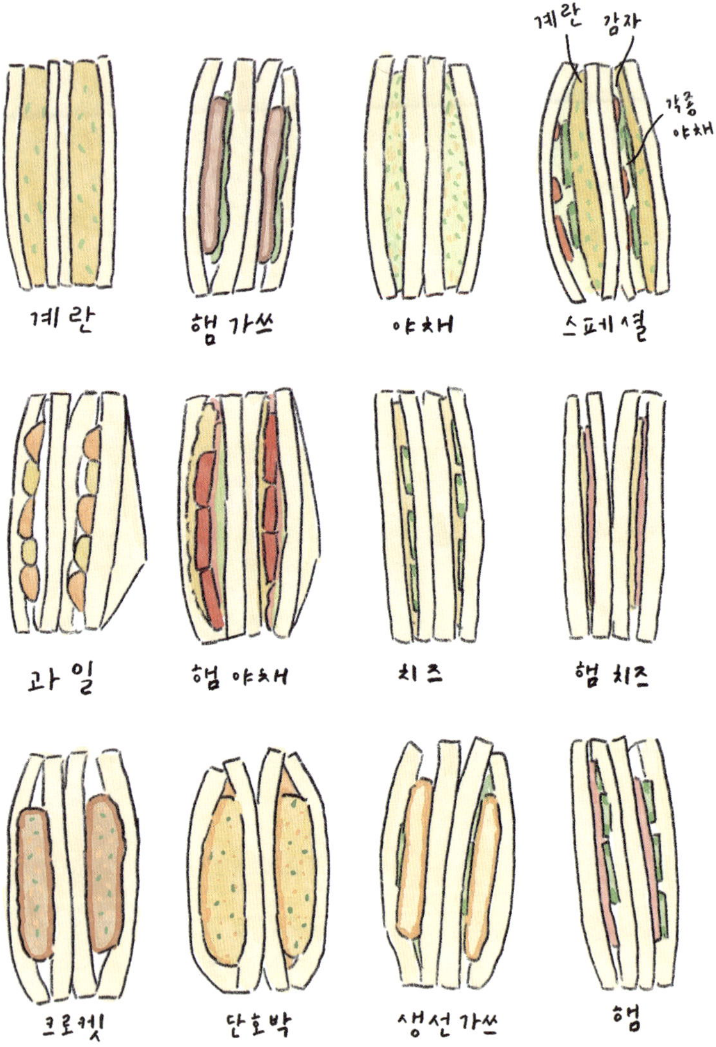
계란
감자
각종 야채
계란
햄 가쓰
야채
스페셜
과일
햄 야채
치즈
햄 치즈
크로켓
단호박
생선 가쓰
햄

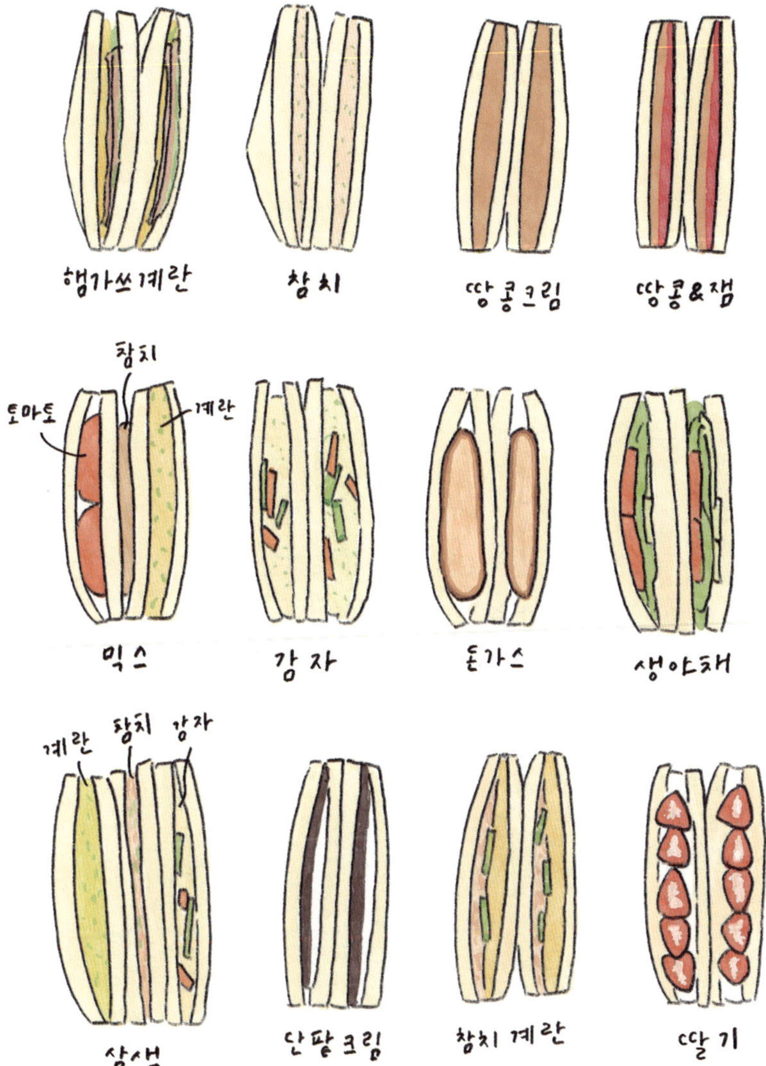
햄가쓰계란
창치
땅콩크림
땅콩&잼
토마토
창치
계란
믹스
감자
돈가스
생야채
계란
창치
감자
삼색
단팥크림
창치계란
딸기

합리적인 가격으로 판매하기 위해 값비싼 고급 식재료는 사용할 수 없다.
대신 정성을 몇 배로 들인다.

모든 재료를 직접 손질해서 조리한다.
가게에서 가장 인기 있는 계란 샌드위치의 속재료도 수작업!
굉장히 부드러운 식감을 자랑한다.

폭신폭신 부드러운 식빵.
매일 이른 아침 3시 30분과 8시에
공장에서 갓 나온 식빵을
가게에서 커팅한다.

계란

계란을 삶고

곱게 으깨서

마요네즈를 섞어
완성!

감자

감자를 삶아서

당근, 오이를 썰어서
감자와 같이 으깨기

마요네즈를
섞어서 완성~!

야채

양배추, 오이,
당근을 썰어서

물기를 빼고
소금 간 살짝

마요네즈를 섞어서
완성~!

평일이라면 점심 식사,
휴일엔 아침 식사로 좋을 것 같다.
카리나 근처에 거주하는 분들이
진심으로 부러운 순간…

고를 때 참고하려고
귀 기울여보기 ☆

종류가 이렇게 많은데
망설임 없이 고르시는
손님 몇 분이 인상적이었다.
아마 오랜 단골 손님이겠지?

드디어 내 차례!

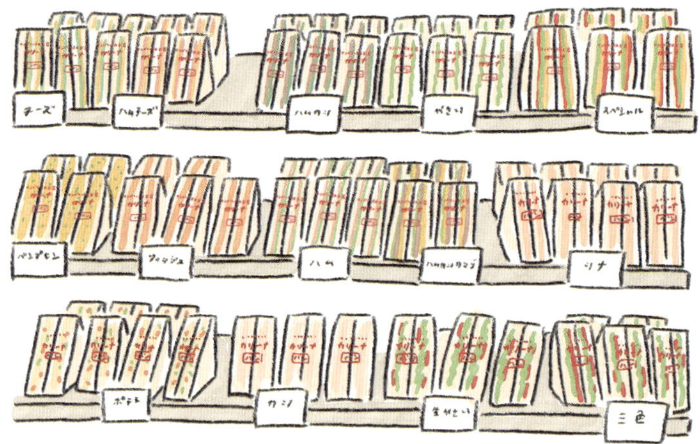

뭘 고를지 망설여지는 풍성한 라인업 ☆

열심히 고른 샌드위치

전부 먹어보고 싶었지만.. 줄 서는 동안 심혈을 기울여 골랐다!
생김새도 맛도 기다림에 보답해주는 샌드위치 ♡

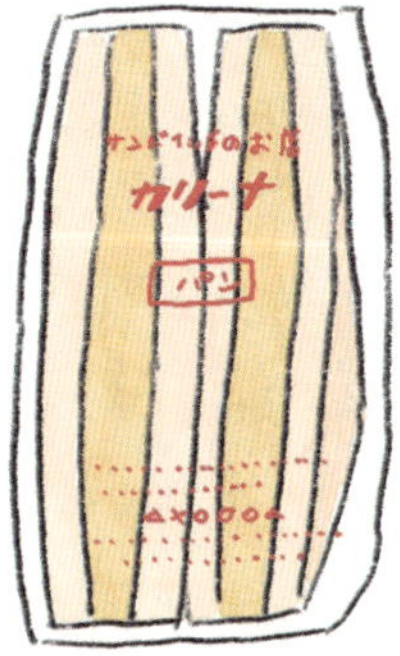

인기 NO. 1
계란 샌드위치

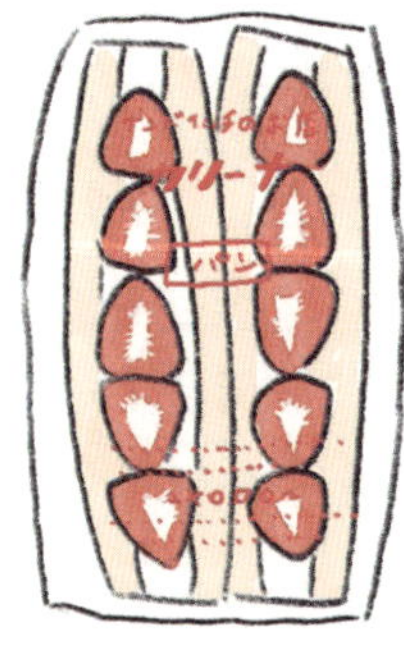

기간한정~!
딸기 샌드위치

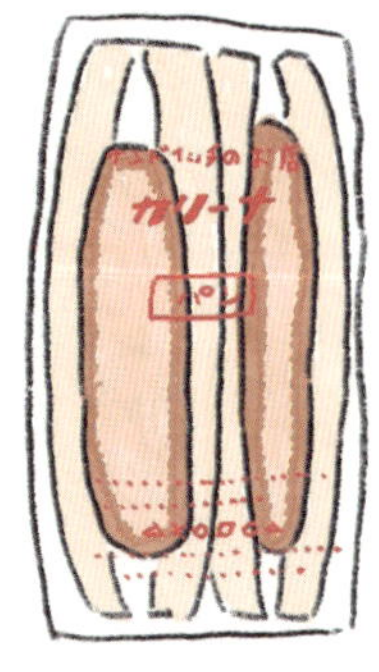

든든한
돈가스 샌드위치

샌드위치를 만들고 남은
식빵 테두리를
무료로 나눠준다.

부디 자유롭게 가져가라는
문구가 정겹다.

도쿄에서 전통 있고 소박한 샌드위치를 찾고 있다면
꼭 카리나에 들러보자 !!

📍 KARINA
Tokyo, Suginami city, Igusa, 5-19-6

도쿄에서 즐기는 뉴욕의 맛
마루이치 베이글

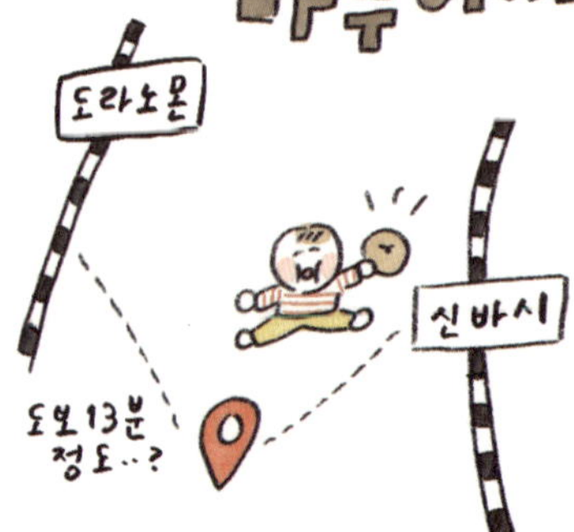

나만의 숨은 맛집으로 남길 바랐던 마음은
이미 늦은 듯하다. 이제는 도쿄에서
베이글을 찾는 사람이라면
꼭 들러야 할 맛집이 된 마루이치 베이글.
뉴욕의 Ess-a-Bagel을 먹고 감동을 받아
창업하셨다고 한다.

영업 시간은 아침 7시부터
오후 3시까지.
베이글 샌드위치는
평일 아침 8시쯤부터,
주말엔 9시쯤부터 판매한다.

이른 아침에 영업을 시작하기 때문에
회사 가는 길에 들르는 손님들이 많다.
월, 화요일, 공휴일은 휴무이니
방문할 때 참고하기!

베이글 샌드

가장 사랑받는 베이글샌드!
신선한 과일과 날마다 바뀌는 샐러드까지.
내 취향대로 선택한 조합으로
새로운 맛이 탄생하는 과정이 재미있다.
베이글샌드의 주문 방식은 두 가지다.

① 완제품을 고르기

실패 없는 선택!
진열대 안에 있는 완제품
베이글샌드를 고르면 OK.
맛 보장 조합들이다.

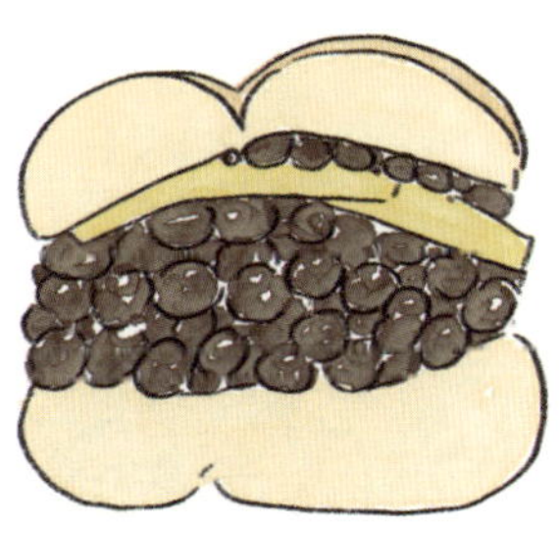

가장 좋아하는 앙버터 샌드.
쌀가루로 만든 쫄깃한 베이글에
달콤한 통팥, 고소한 버터조합!

② 내 취향대로 고르기

나만의 커스텀 메뉴.
가게에 있는 베이글과
토핑을 직접 골라서
주문하는 방식.

맛 보장은 어렵지만 좋아하는
재료를 그득 담은 샌드위치를
맛볼 수 있다.

베이글 & 샌드 메뉴

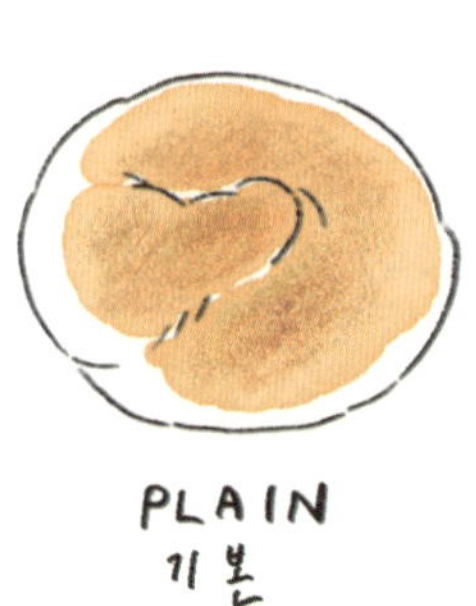

PLAIN
기본

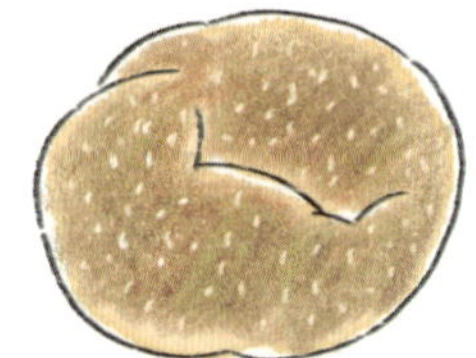

SESAME
참깨

ONION
양파

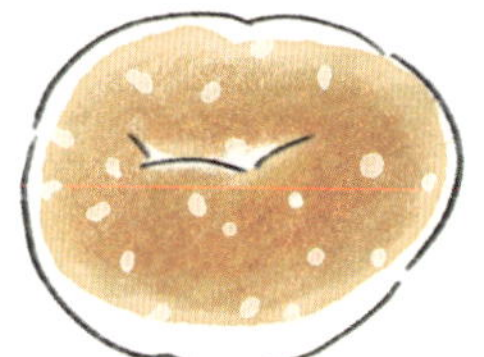

ROCK SALT
소금

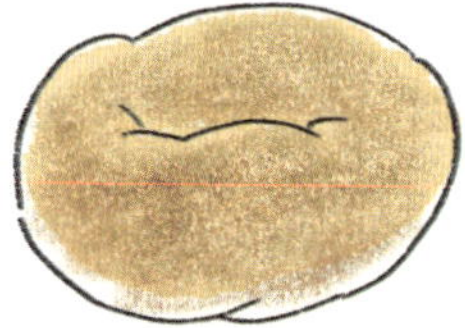

WHOLEWHEAT
통밀

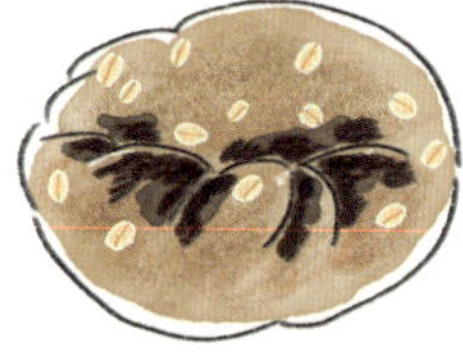

**SEVEN GRAIN
HONEY FIG**
7곡 꿀 무화과

**CINNAMON
RAISIN**
시나몬 건포도

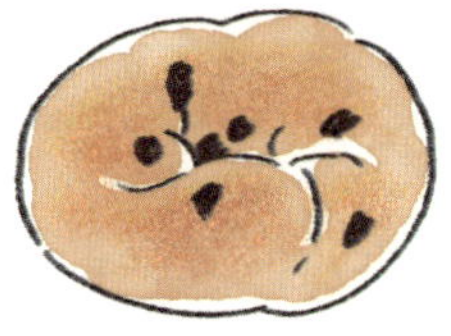

BLUEBERRY
블루베리

RICE
쌀

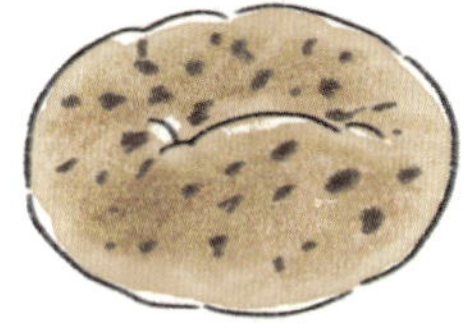

RYE CARAWAY
호밀 캐러웨이

SEVEN GRAIN
7곡

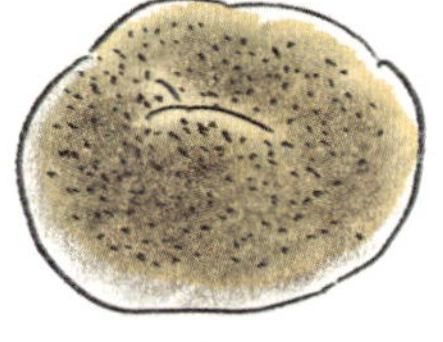

POPPY
양귀비 씨앗

마루이치 베이글 종류 모음!
베이글 샌드도 종류가 많으니 미리 살펴보고 가면 좋다.

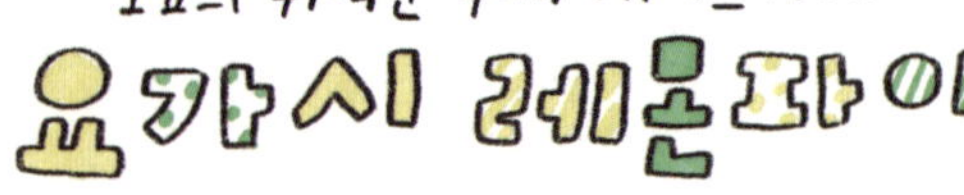

요카시 레몬파이

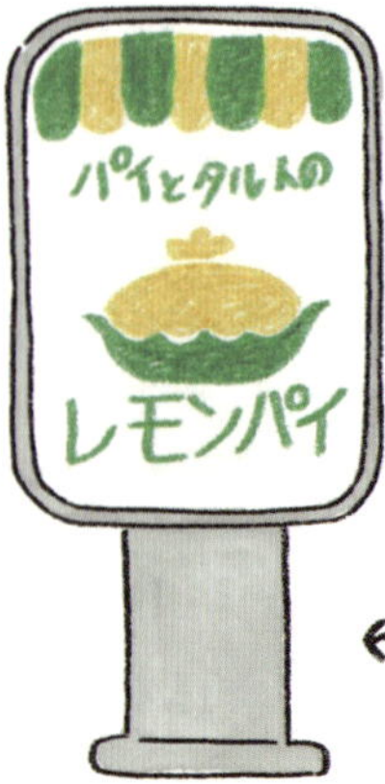

1980년대에 오픈한 곳이고,
입소문으로 유명해진 케이크 가게!
인기 메뉴인 레몬파이는 빨리 품절되는 편이라서
오픈 시간에 맞춰 미리 가는 게 좋다.

← 입간판마저 귀엽다...!
이런 거 보면 행복해진다 ☺

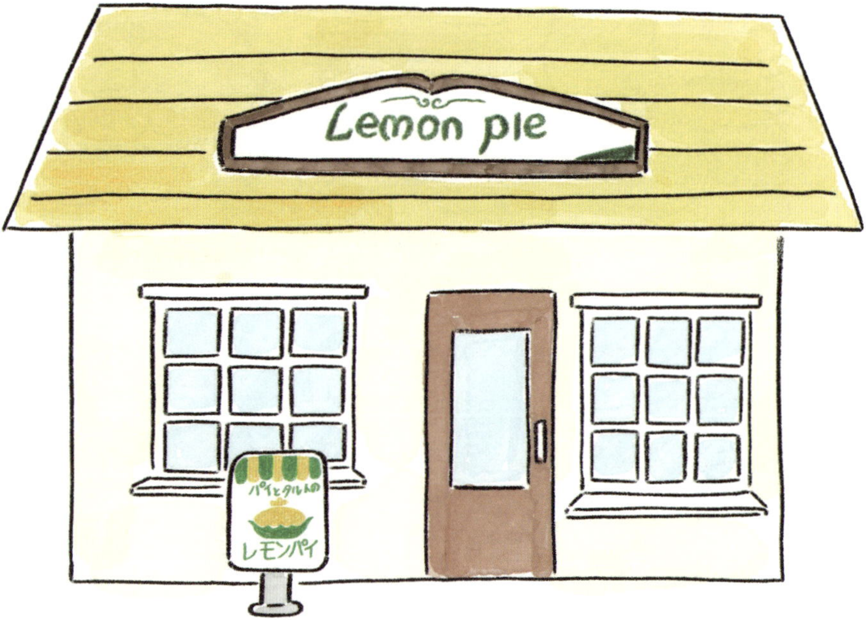

레몬이 생각나는 노란 지붕이 포인트 ♡

menu

생크림, 버터 등 재료 본연의 맛에 집중한 레몬파이는
하루만 지나도 맛이 떨어지는 섬세한 케이크다.
이 때문에 그날 판매할 만큼만 만들고,
당일 제조, 당일 판매가 원칙이라고 한다.

생 초콜릿이
입안 가득 퍼지는
초콜릿 케이크.
크리미한 식감과
럼 레이즌 향이
특이하다.

소금의 짭짤 맛과
치즈의 산미가
조화로운 케이크.
많이 달지 않아서
어르신들도 좋아하실 듯!

정성을 꾹꾹 눌러 담은 맛이 나는 만큼
소중한 기념일에 먹고 싶은 레몬파이의 홀케이크 버전.

도쿄의 한적한 주택가에
위치한 다와라마치역.
역에서 나와 5분 정도
걷다보면 도착!
가게 안에 테이블이 있지만
지금은 포장만 가능하다.

포장한 디저트를
먹고 갈 수 있는
몇몇 카페를
안내해준다!

REVIEW ⭐⭐⭐⭐⭐
긴자의 고급 양과자점 같은
고급 디저트라기보다는,
그림책 속의 케이크 만들기가 취미인
할머니께서 휙휙 만드신
소박한 디저트를 즐길 수 있는 곳!

📍 Yogashi Lemon Pie
Tokyo, Taito City, kotobuki, 2-4-6

아케보노 긴자본점

1948년에 개업한 일본 전통 과자점.
이치고 다이후쿠(딸기 찹쌀떡)가 유명하고,
선물을 사려고 많이 들르는 곳이다.

봄 향기 물씬 ~
소금에 절인 벚꽃잎 위에
홋카이도산 팥 앙금으로 채운
찹쌀떡이!

/ 사쿠라 모찌 \

달달하고 과즙이 꽉 찬
여름맛 디저트 ☺

젤리

유자

/ 나쓰 유즈 \

홋카이도산
팥 앙금

딸기가
통째로 한 알!

/ 이치고 다이후쿠 \

오키나와산 흑설탕,
호지차의 조합으로
강의 단맛이 더욱
돋보이는 감맛 젤리.

찰랑거리는
젤리 식감

/ 아키 카키 \
가을 감

Akebono Ginza Honten
Tokyo, Chuo City, Ginza, 5-7-19

아마네

일본식 붕어빵인 다이야키, 단고 등
길에서 바로 먹기 좋은 간식을 파는 상점이다.

시장 골목 구석의
작고 오래된 가게.
다들 어떻게 알고
찾아오는지 줄도 서 있다.

기치조지역 북쪽 출구에서
도보 5분 정도. 간식을 먹으면서
시장 구경하기 딱 좋다.

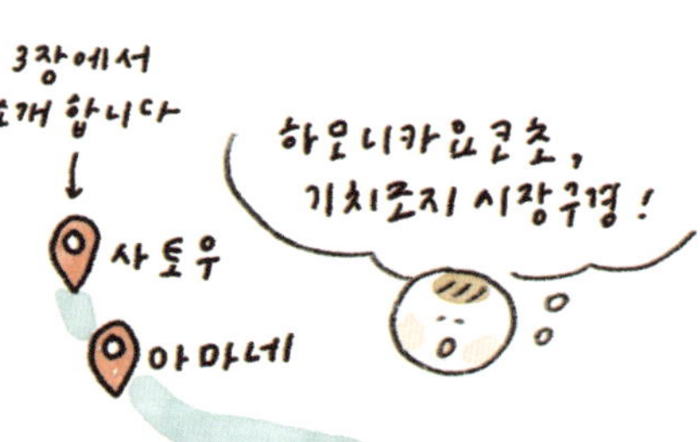

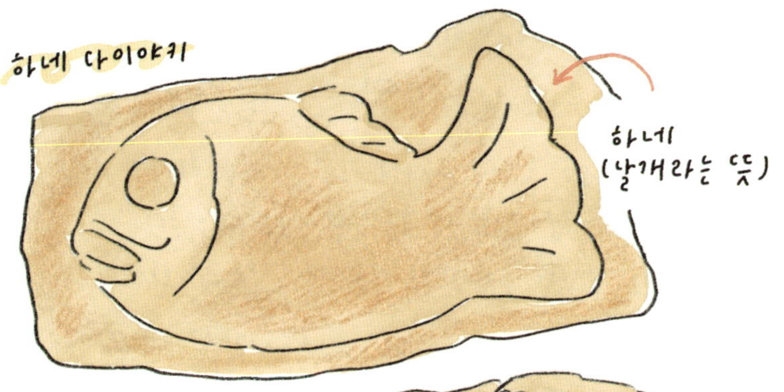

직역하면 구운 도미라는
뜻인 다이야키.
우리나라의 붕어빵과
닮은 일본식 붕어빵이다.

미타라시 단고
걸쭉 & 달콤한 소스를
발라 구운 쫄깃한 단고.

야키소유 단고

간장을 발라 구운 단고.
개인적으로 미타라시보다
이쪽이 더 취향이다.

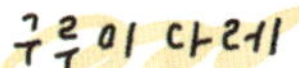

구루미 다레

부드럽고 납작한 떡에
호두 소스를 바른 단고.
떡이 엄청 쫄깃 〜

📍 Amane Taiyaki
Tokyo, Musashino, Kichijoji Honcho, 1-1-9

매일 직접 만드는 수제 화과자

에치고 쓰루야

니시오기쿠보역 근처의 작고 오래된 화과자 가게.
첨가물, 보존료 등을 일절 사용하지 않는다.
특히 엄선한 홋카이도산 팥을 쪄서 만든 팥소가 특징!

오모치야상 (떡 가게) 라고
작게 적혀 있다.

카운터에 오밀조밀
오여 있는 찹쌀떡.

귀여워서
안 그릴 수
없었다…

오픈형 주방이라
분주하게 떡을 만드는
모습을 구경할 수 있다.

현지 주민에게는 물론
TV 방송에도 자주 나온 만큼
유명한 곳이다.

시간대에 따라서
줄을 서야 할 수도…!

에치고 쓰루야에서
처음 먹어 본
이치고다이후쿠.
일부러 포장해서
가져다준 친구에게
감사하다‥♡

무르지 않고
사각사각한
딸기

달콤한 맛의
홋카이도산 팥

이치고 다이후쿠

쑥 찰떡
팥소

구사 다이후쿠
일본의 대표적인 쑥 찹쌀떡

짭짤한 검은콩
밤
팥소

아메 다이후쿠
단짠의 맛이 조화로운 검은콩 찹쌀떡

팬케이크
형태의 빵
팥소

도라야키
도라에몽의 최애 간식

벚꽃잎
팥소
마와 쌀가루를
섞어 만든
포슬포슬한 피

조요 만주
촉촉하고 부드러운 고급 만주

소금에 절인
벚꽃잎
분홍빛 떡

사쿠라모찌
일본의 봄을 상징하는 대표 떡

커다란
떡갈나무잎
팥소

가시와모찌
어린이날에 먹는 상징적인 떡

Echigo Tsuruya
Tokyo, Suginami City, Shoan, 3-38-20

고베 최고의 빵집 리키 RIKI

고베의 오토아치역에서
걸어서 5분정도.
늘 줄이 길게 서 있는 곳이라
어떤 맛집일지 궁금했는데
의외로 빵집이었다 (뭔가
라멘 같은 식사류라고 생각했다).

일본 전국 빵 소비량 1위인
고베의 빵 맛집이라니…!
웨이팅이 늘 있는 편이지만
리키의 빵을 한번 먹어보면
충분히 기다릴 가치가 있는 걸
알게 된다.

빵 먹으려고 30분 넘게
기다리는 게 말이 되나 싶었는데,
이건 빵을 뛰어넘은 영역이랄까?
차라리 여길 몰랐다면
내가 더 건강했을 수도 있다.
정제 탄수화물에 중독된다☆

memo

이스트 / 쇼트닝 / 마가린은
일절 사용하지 않아요.
빵 반죽포함, 소스, 크림등등
전부 리키의 수제!

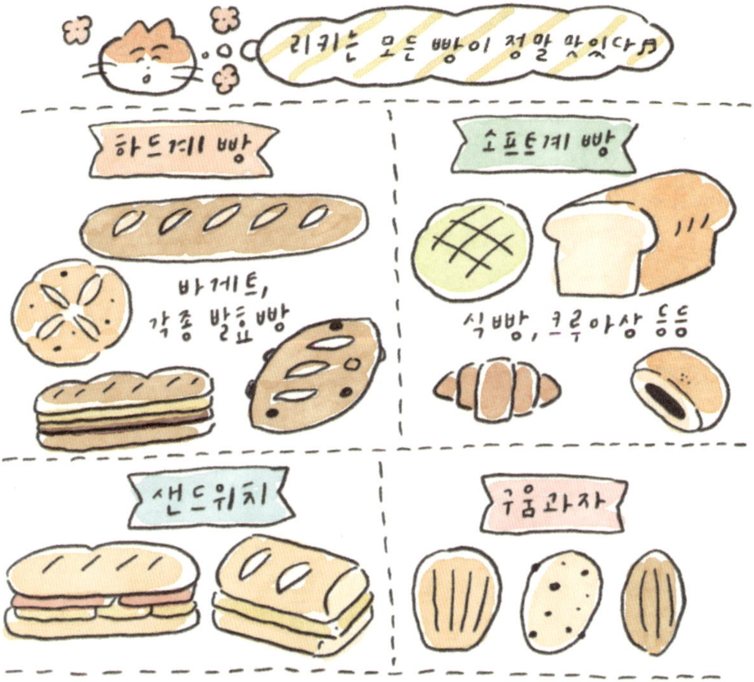
리키는 모든 빵이 정말 맛있다♬
하드계 빵
바게트,
각종 발효빵
소프트계 빵
식빵, 크루아상 등등
샌드위치
구움과자

조금만 담으려고 했지만
쟁반 그득 담아버린 빵

\ 먹기 전에 한 컷 /

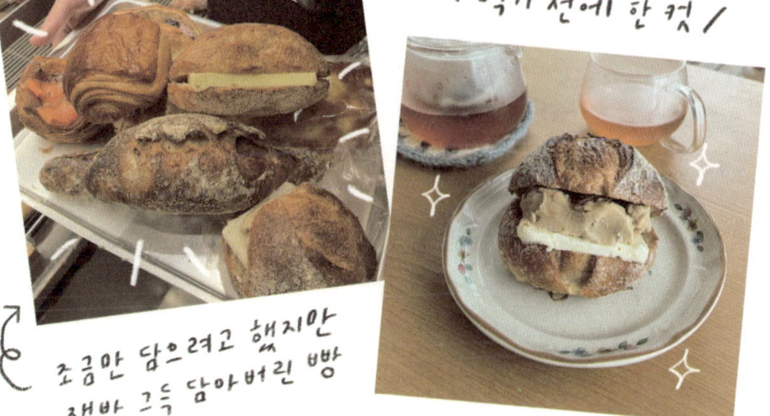

리키는 창업하고
무려 10년 동안
항상 기다리는 손님들로
북적일 만큼
번지 않는 맛집이랍니다.
ㅡ 고베 토박이 M 씨 ㅡ

memo

(아침) 30분 정도 기다렸다.
코르네 사려고 했는데
품절이었다! 다음 코르네는
몇 시간 기다려야 한대서
어쩔 수 없이 다른 걸 사왔다...

찬뜩 골라 담은 빵은
집에 와서 랩으로
잘 밀봉하고 나서,
냉동실에 넣어두기

(점심) 40분 정도 기다림.
가장 붐비는 시간대에 갔고,
코르네, 샌드위치, 갓 나온 빵이
종류별로 많았다!

(저녁) 마감 시간 아슬아슬하게
방문했다. 기다리지 않는 유일한
시간대라 한동안 저녁에만
다녀왔다. 거의 품절이었지만
남은 빵들도 맛있다.

얼린 빵은 하나씩 꺼내서
실온이나 전자레인지로 해동!
맛있게 드세요 ~

한눈에 보는 RIKI. 작지만 알찬 가게.
거대 오븐
주 방
거대 오븐
※매우 바쁨
계산대 1
계산대 2
소프트계
하드계, 구움 과자
냉장 빵, 샌드위치, 간단음료
출입문
가게 앞 기계에서 대기표를 발권해주세요!
리키 앞 기계에서 대기표를 발권하고 QR코드를 스캔해서 알림 설정하는 시스템
RIKI

추천메뉴

코르네
바삭 바삭한 파이
홋카이도산 생크림과 수제 커스터드크림

와구리 칼피스 버터 천연효모 샌드
밤 페이스트
와구리 = 일본 밤
고급 버터인 칼피스 버터가 두껍게 들어 있다.
리키 특유의 향긋한 빵

얼그레이 멜론빵
껍이 굉장히 바삭하다.
얼그레이 홍차 향을 머금은 달콤한 멜론빵
속은 포슬포슬~

에스프레소 쇼콜라 마롱누아제트
마롱글라세
헤이즐넛
초콜릿
에스프레소가 들어간 하드계 빵
늦게 가면 품절일 수도!?
항

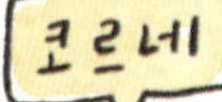

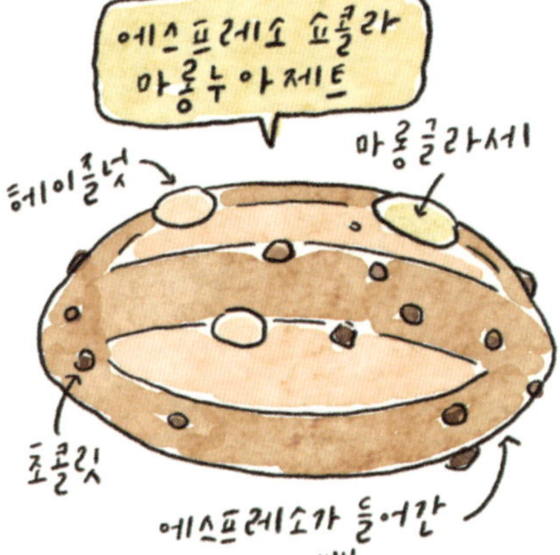

리키에 다녀온 날

Bakery RIKI
Kobe, chuo Ward, Sakaemachidori, 2-7-4, 1F

3장

식사류

도쿄에서 소바 가게 한 군데를 추천한다면

사라시나 호리이 총본가

메밀소바를 무척 좋아해서 일본의 여러 소바 가게를 다녀왔다.
그중 도쿄로 여행 오는 친구에게 제일 먼저 추천하는 곳은 바로 여기!
도쿄의 아자부주반에 위치해 교통이 편리하고,
멀지 않은 곳에 도쿄타워가 있어 밥 먹고 산책하기 좋다.

아자부주반역에서 내려서
잘 정돈된 보도블록을 걷다보면
한눈에 봐도 전통이 느껴지는
소바 가게가 나온다.

추천메뉴
모리
세이로소바
소스를 면에 찍어 먹는다.
면은 총 네 종류!
후토우치
굵은 면
사라시나
얇은 면
계절소바
추천 세트메뉴
소바 + 사이드메뉴
소스
네 가지 종류
소바 중 택1
가키아게
해산물 튀김
고에비 덴모리
이 밖에도 왕 대하 튀김,
야채 모듬 튀김 등의
사이드 메뉴가 있다.
새우 튀김

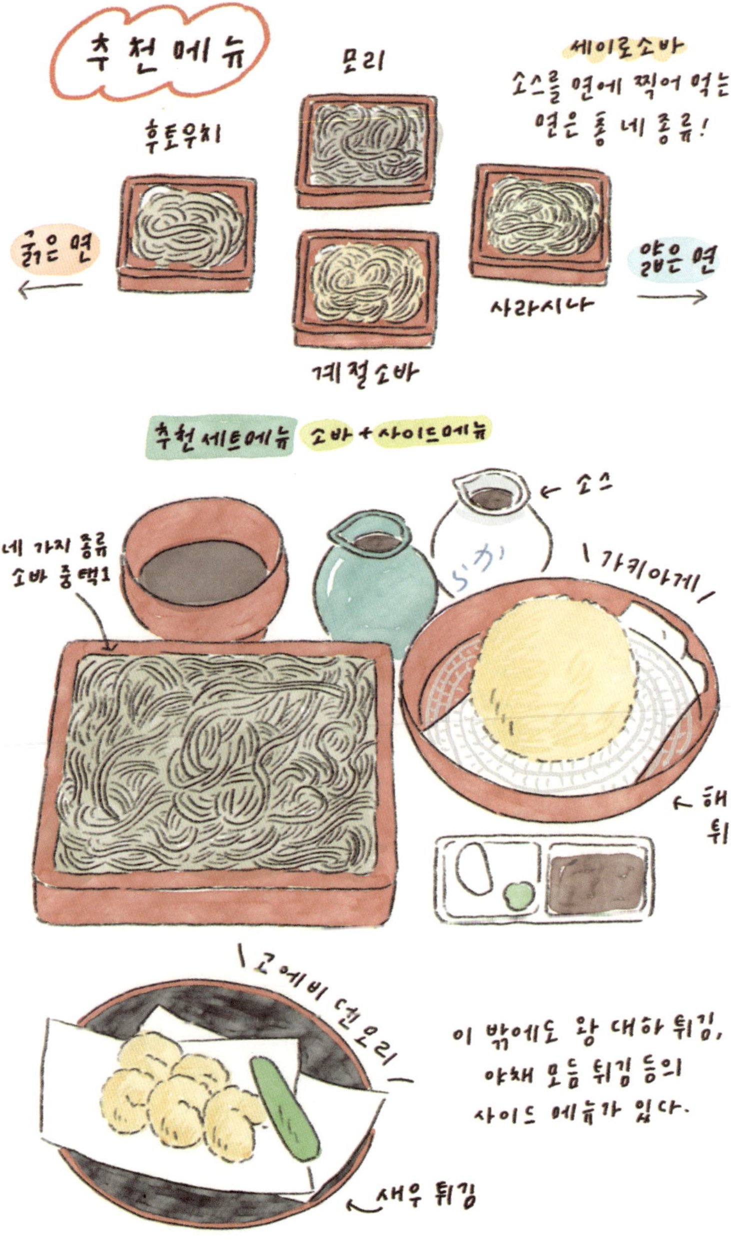

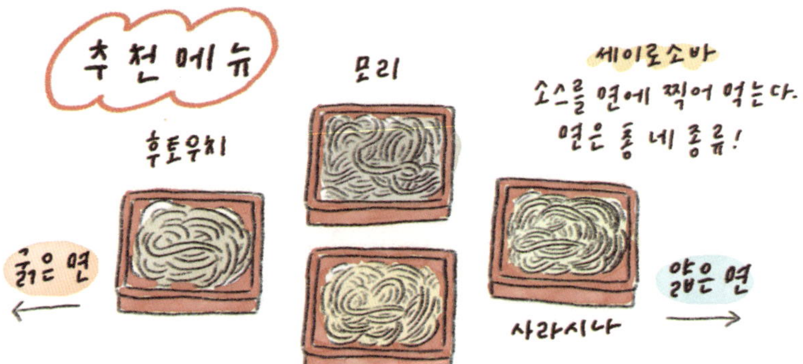

일품요리
덴다네
대하튀김
표고버섯 튀김
꽈리고추 튀김
소바스시
일본식 김밥
유부초밥
가모야키
철판에 구워 먹는 오리 고기
도리야키
닭고기 구이
다마고야키
일본식 계란말이

메 모

한국어 메뉴 제공, 수많은 리뷰,
좋은 재료로 정성스레 뽑은 면,
일본 여행 분위기를 만끽할 수 있는
오래된 가게 분위기, 그리고
아자부주반이라는 좋은 입지…
여행자들에게 꼭 추천한다.

<센과 치히로의 행방불명>에
나오는 목욕탕이 생각나는
직원분들의 옷차림. 귀엽다…

백화점 푸드코트와는 비교가
안되는 정갈한 분위기.

Sarashina Horii, Azabuzuban Honten
Tokyo, Minato City, Moto azabu, 3-11-4

찬바람이 부는 날 생각나는 롤캬베쓰

アカシア

양식 아카시아 본점

여름이 가고 찬바람이
불어오는 계절이 찾아 오면
생각나는 음식들이 몇 가지 있다.

그중 하나는 따뜻한 수프에
퐁당 담긴 롤캬베쓰!

겨울이 되면 친구랑 같이
가고 싶은 곳…!

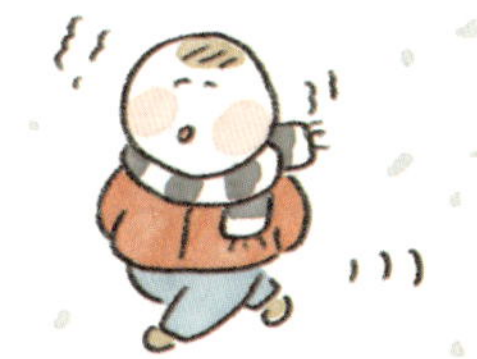

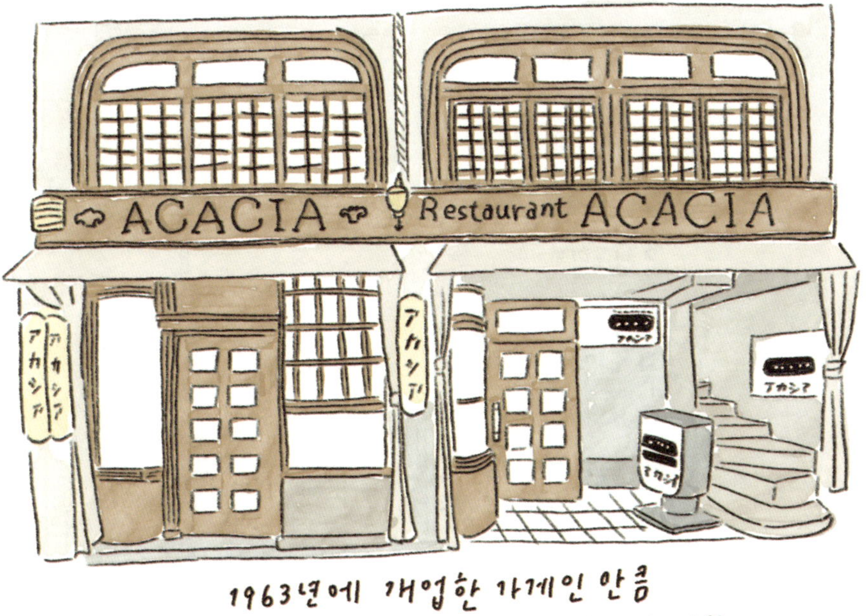

1963년에 개업한 가게인 만큼
외관부터 범상치 않은 노포만의 기운이 느껴진다.

차가운 바람에 코끝이
빨갛게 물든 한겨울 저녁,
어수선하고 반짝거리는
신주쿠 한복판에서
따뜻하게 먹은 롤캬베쓰라서
자주 생각난다.

그래서 추울 때
호호 불어 먹는 음식이 땡기는
겨울에 방문하는 걸
추천하고 싶다.

주요 관광지와
가깝다.

아카시아

이자카야의 성지
오모이데 요코쵸

도보 10분

신주쿠역

역 안에서
길을 잃을 수 있으니
일단 밖으로 나와서
목적지로 향하기

메 뉴

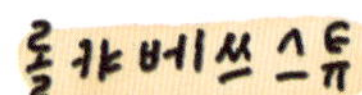

유제품 사용 ZERO!
깊게 우려낸 닭고기육수,
아삭아삭 양배추와
그 속을 채운 갓 익힌 고기가
조화롭다.

롤캬베쯔 두개에
밥 한 공기가
기본으로 나온다.

가리비 크림 고로케

롤캬베쯔만 먹기에
심심하다면 추천!
신선한 가리비를
푹 고아서 만든 크림고로케.

스튜와 함께 구성된
세트 메뉴도 있다.
함께 간 친구는 이 세트를
단숨에 해치웠다.

돼지고기로스오일구이

얇게 썬 돼지고기를
간장과 맛술로 양념해서
프라이팬에 구운 메뉴.

마요네즈, 신선한 양배추 샐러드와
아주 잘 어울린다.

오므라이스

속에 들어 있는 밥은
시판 치킨라이스가 아닌
수제 스모크햄을 넣어
직접 만든 것!

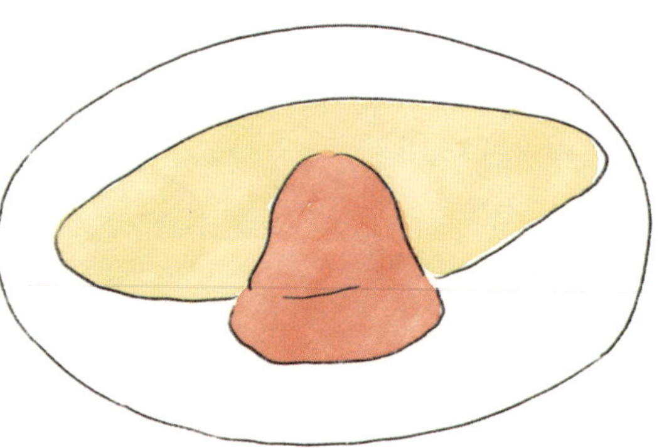

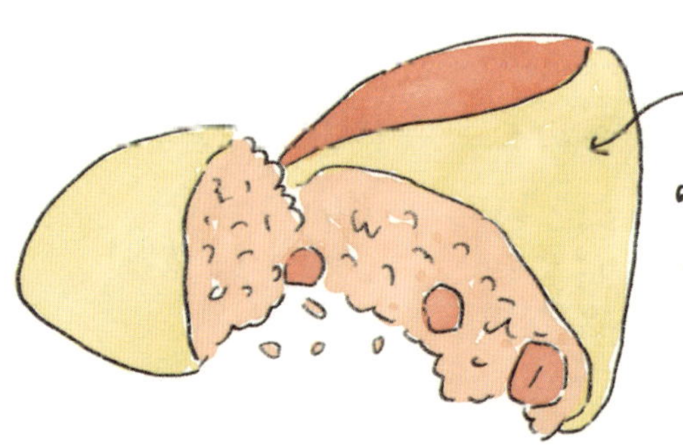

오므라이스의 계란을
'두툼 보들보들'과 '얇고 깔끔'으로
나눈다면 아와시아는 후자에 가깝다.

포크소테

돼지고기에
데미글라스 소스를
끼얹어 노릇노릇하게
구운 메뉴.

하이라이스

보글보글..
푹 끓여서 우려낸
진한 소고기맛.
달콤한 양파와 소고기로
꽉 찬 한그릇.

TIP 둘의 차이는?

하이라이스

데미글라스 소스 베이스.
소고기와 토마토맛이
느껴지며 비교적 달콤하다.

카레라이스

강황이 주재료이며
강하고 매콤한 향신료가
느껴진다.

가게 벽에 있던
포도모양 양각 조각.

가게는 1층과 2층으로 이루어져 있다.
내가 방문했을 때에는 1층이 만석이라
2층으로 안내받았다.

연말 밤의
낭만 ☆…

내 인생 첫 롤캬베쓰는 아카시아.
아카시아만큼은 아니지만 집에서 만들어 먹기도 한다.
내 맘대로지만 창작 레시피 공개…!

재료 #주의 : 일본 조미료 사용

- 양배추잎
- ✷ 콘소메 1T
- ✷ 통후추 갈갈
- 고형 크림스튜

A (
- 다진 돼지고기 300g
- 양파 1/2개
- 당근 1/2개
)

50cc
- 빵가루 (야쿠르트크기정도)
- 계란 1개
- 소금, 후추 톡톡톡

채소들은
간단히 씻어서
준비.

'스튜루'라고 한다. 나는 늘 HOUSE 사의
홋카이도 스튜를 사용한다.

콘소메는
아지노모토 추천!

양배추잎은 끓는 물에 살짝 데친 후 찬물에 넣어 식힌다.

식히는 동안 양파, 당근을 잘게 썰어둔다.

양배추의 단단한 심지 부분을 칼로 살짝 잘라낸다.

A를 전부 섞고 냉장고에서 한 시간 정도 재우기

양배추잎의 심지 쪽에 고기소를 넣고 양쪽을 말아서

세로 방향으로 데굴데굴 굴린 후 이쑤시개로 고정

프라이팬에 물 500ml와 ★을 넣고 끓이다가

롤 캬베쯔 퐁당~!

고형크림스튜도 1/2 상자 넣어서 푹 익히기 —

📍 Shinjuku acacia
Tokyo, Shinjuku City, Shinjuku, 3-22-10

기차여행의 시작, 도시락 구경하기

에키벤야 마쓰리

일본에서 가장 바쁜 곳 중 하나일 도쿄역.
역 안에는 아침 5시 30분부터 문을 열고,
판매하는 에키벤(도시락)의 종류만
무려 150가지가 넘는,
그야말로 에키벤의 성지 같은 곳이 있다.

축제라는 뜻의 마쓰리.
가게 안은 일본의 축제가
떠오르는 분위기였다.

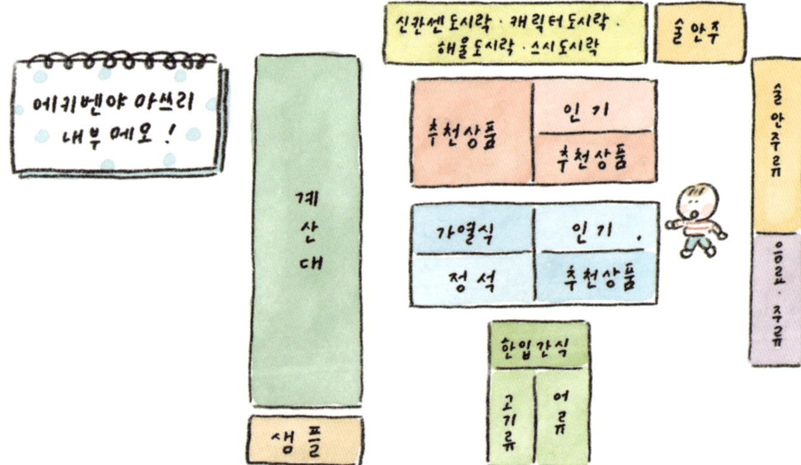

내가 고른 도시락

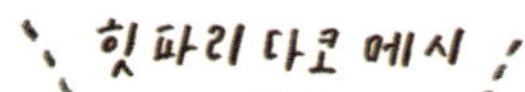

고베의 명물 아카시산 문어가
들어 있는 에키벤이다.

힛파리 다코 메시
잡아당기다 문어 밥

대략 이런 뜻인데, 오목한 항아리 안에서
다양한 재료를 끄집어내서 먹는 재미가 있다.

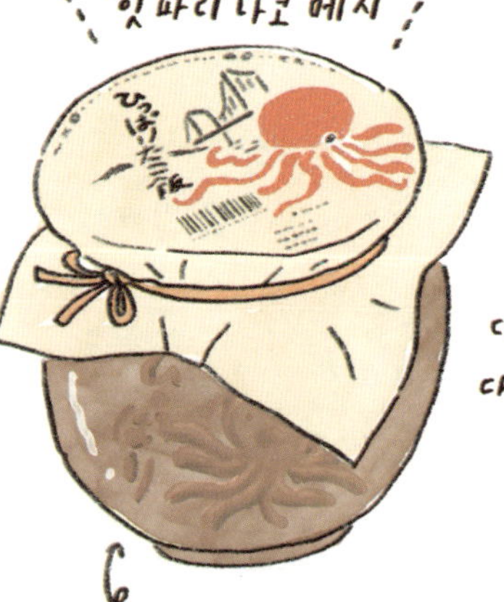

문어 무늬 항아리에
첫눈에 반한 도시락.

내용물부터 패키지까지
이렇게 알찬 구성인데
인기메뉴 랭킹에 없어서 조금 충격...!

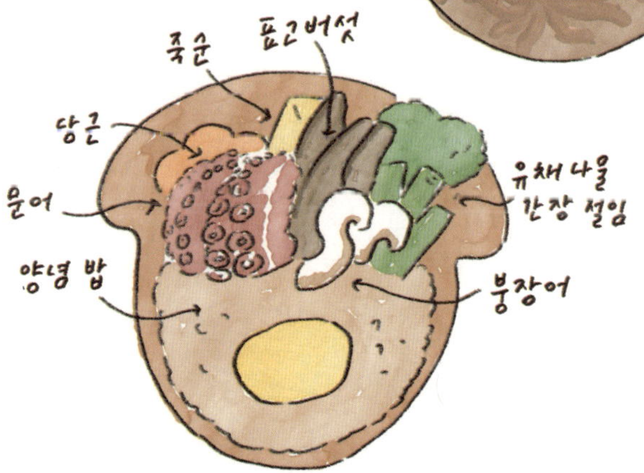

베스트셀러부터 롱셀러까지…

두 가지 식감의 소고기와
알찬 반찬들로 즐기는 한 끼 식사!

벌써 60주년인
롱셀러.

토마토 케첩으로
양념한 쌀밥 +
바삭한 가라아게.
아이부터 어른까지
인기 있는 조합 ☆

숯불구이 우설 도시락

한 장 한 장
정성스레 구워낸
센다이 명물

전통
해조류 소금!
취향껏
뿌려 먹기~

← 가열식 용기!
다따뜻하게
먹을 수 있다.

참치 연어알 도시락

참치와 연어알의 조화‥☆
그리고 단맛과 신맛의 균형이
잘 잡힌 쌀밥!
탱글탱글한 식감을 느낄 수 있다.

스키야키 야키니쿠 도시락

두 가지 버전의 소고기 요리를
한 번에 즐길 수 있다.
스키야키 반, 야키니쿠 반.

고마쓰나 (소송채)

숙주 나물

양념부터 잘된
야키니쿠가 가득~!

스키야키의
국물 없는 버전!
표고버섯, 곤약면까지
알찬 구성.

牛 すき と 焼肉 弁当

삶은 계란이 통째로!

도쿄명물
후카가와메시

東京名物 深川めし

에도식 된장,
생강으로 조린
바지락 조림

엔가와 오시스시

니가타현에서 120년 넘게
이어져온 도시락 노포가 만드는 에키벤.
도시락을 열면 새하얀 비주얼이..!

두툼한 가자미 지느러미살.
이곳만의 배합 식초로
감칠맛을 응축시켰다.

센다이 명물
우설 도시락

두껍게 썬 우설

특제 소금 양념에
숙성시킨 뒤
구웠다.

쌀밥은 농약,
화학 비료를 최소한으로
사용하여 재배한
이야기현 쌀.

가열식 용기라서
우설도 밥도 따뜻하게
즐길 수 있다.

도리메시
찐 닭고기에 소금 양념
데리야키 닭고기 구이
된장 소스 닭고기 소보로
닭고기 완자
닭 육수로 지은 달달한 밥
데리야키부터 된장 소스까지, 네 가지 맛을 한 번에!
에비센료 지라시
잘게 부순 새우살 고명
도톰한 계란말이
새우, 오징어, 장어, 고하다 (전갱이류) 네 가지 재료가 숨어 있다.

먹는 것만큼 구경하는 것도
너무 좋아하는 편이라
느긋하게 구경하고 싶었지만…
인파에 휩쓸려서 급하게 고른
힛파리 다코 메시

신칸센을 타는 대부분의
승객들이 에키벤을 들고
탑승하는 모습이 재밌었다.
현지인들은 쿨하게
관심 없을 줄 알았는데
다들 엄청 좋아하는구나…!

신칸센의 출발과 동시에
모두 같은 마음으로 한 입…

📍 Ekibenya Matsuri
Tokyo, Chiyoda City, Marunouchi, 1-9-1,
JR Tokyo Station (그랑스타 개찰구 안쪽)

이센 본점

젓가락으로 자를 수 있을 만큼
부드러운 돈가스로 유명한
도쿄의 식당. 1930년대에
가쓰산도를 처음 만든 곳!

그 당시 주인이던 이치오 씨가
아침 식사를 토스트와 홍차로
해결하던 걸 아이디어로 삼아
빵 사이에 돈가스를 넣은
가쓰산도를 만들었다고 한다.

테이크아웃도 좋지만 갓 만들어 따뜻한 가쓰산도를
안에서 먹는 것이 최고ㅡ! 게이샤들이 립스틱을 바른 채로도
깔끔하게 먹을 수 있도록 작게 잘랐다는 역사가…!

대대로 내려오는 레시피로 여전히 사랑받는 안심 돈가스.
밥과 일반찬이 세트로 나오는 정식 메뉴이다.

📍Isen Honten
Tokyo, Bunkyo City, Yushima, 3-40-3

크리스마스가 다가오면
생각나는 레스토랑
세키구치테이

せきぐち
関口亭

요요기공원 근처의
요요기하치만역에서
조금만 걷다보면 도착하는
작은 경양식집.
빨간색 체크무늬
테이블크로스 때문인지
크리스마스와 어울리는 공간이다.

일본인의 입맛에 맞는 양식이
콘셉트인 만큼 미소된장, 간장을
활용한 요리가 많아서 호불호가
갈릴 수 있다는 리뷰가 종종 보인다.

그렇지만 내가 도쿄에 거주하는 내내
크리스마스가 되면 한달 전부터
예약해서 들렀던 곳인 만큼
꼭..! 소개하고 싶었다.

가장 최근에 먹은 크리스마스 디너

크리스마스가 생각나는 곳인 만큼
12월 23일부터 12월 25일까지는
크리스마스 한정 ☆ 디너코스를
먹을 수 있다!
* 12/23-25 기간 저녁엔
크리스마스 디너코스만 주문가능

방문할 때마다 가족, 연인, 노부부 등
손님들로 복작복작했다.
저분들도 한 달 전에 미리 예약하고
오신 걸까? 먼 훗날 크리스마스에도
들를 수 있는 공간이 되었으면…
이런 포근한 생각이 든다.

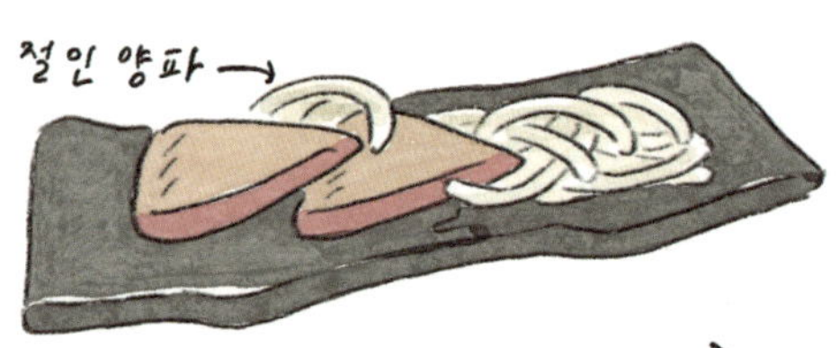

/ 가쓰오 카르파초와 화이트소스 \

/ 전복 스테이크 \

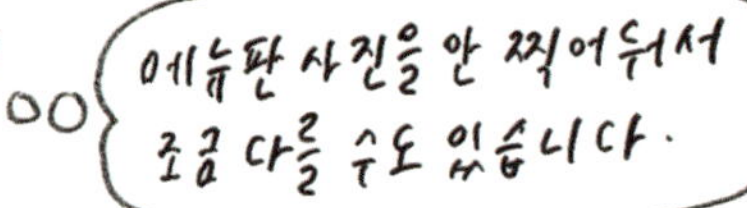

/ 양파그라탱수프 \

매해 나오는 것 같다.
그만큼 정말 맛있다!
레시피가 궁금…

\ 게살 크림 크로켓 /

정체불명의
연사리

/ 특선! 검은털 소 설로인 스테이크 \

/ 황줄 감성돔 스테이크 \

진짜 맛있는
새우크림 소스

/ 특제 크림 소스 새우 스튜 \

/ 마스카르포네 치즈푸딩 \

각 메뉴 양이 적다고 생각했으나
디저트까지 먹고나니 너무 배불렀다.
연말 느낌이 훨씬 느껴지는
크리스마스 디너와 함께
메리 크리스마스 ☆

📍 Sekiguchitei
Tokyo, Shibuya, Tomigaya, 1-52-1 中川ビル 1F

오뎅 다고토

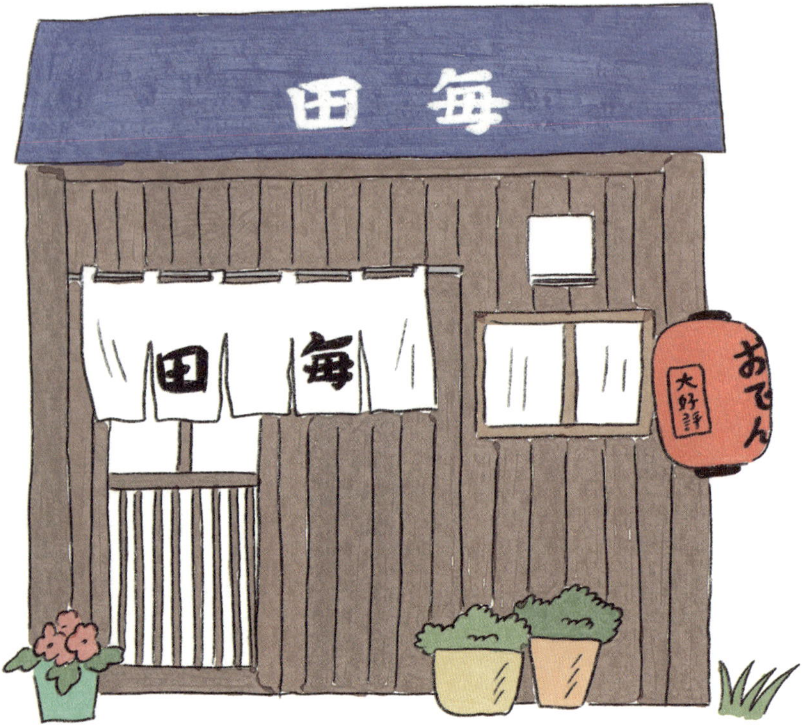

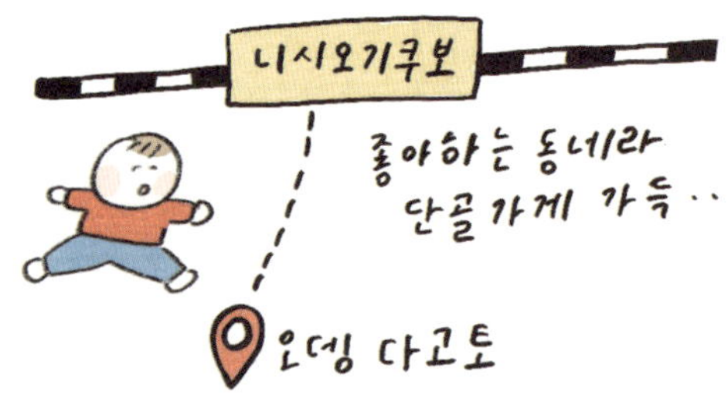

도쿄의 노포 오뎅 가게.
니시오기쿠보역
남쪽 출구에서
주택가를 따라서
10분 정도 걸으면
나오는 곳!

좋아하는 동네라
단골 가게 가득‥

소중하게 여기던 노포들이
코로나 이후로 줄줄이 폐업
했는데, 오뎅 다고토처럼 아직도
사랑받는 공간으로 남아 있는 걸
보면 안도의 한숨을 쉬게 된다.

영업 시간은 저녁 6시부터
밤 12시까지.
해가 뉘엿뉘엿 질 때
빨간 호롱불을 따라
들어가보자!

일본어로
아카초친 →

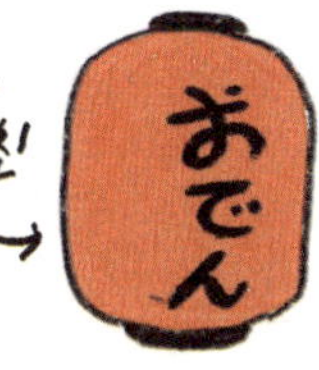

빨간 호롱불이 걸린 노포라면
대부분 맛있다는 일본인 친구의
코멘트를 떠올리며… 믿거나 말거나~

작은 노포인 만큼
카운터석뿐이다.

카운터석 앉을 때
다들 스몰토크를 그렇게
잘 하시던데 신기하고
부러울 따름이다 😊

일본 이자카야에서는
우선 생맥주 먼저 주문한다—!

일본에 처음 왔을 때는
배부른 생맥주가 싫었는데
언젠가부터 생맥주의 멋짐을
깨우쳤다 크크.

혼자 먹은 건 아니고.. 둘이서 이 정도 먹었다!
한 접시를 다 비우고 나면 뭘 먹을지 행복한 고민을 하게 된다.

\ 도로토로부타 /

입안에서 사르르
녹아내리는 돼지 연골.

돼지 연골을
형태가 뭉개질 정도로
푹 고아내어 부드럽게
녹는 식감이 일품이다.

연겨자를 간장에 풀어 살짝
찍어 먹으면 고소한 풍미가 한층 살아난다.

\ 고슈도리 모쓰니 /

직역하면
고슈식 닭 내장 조림.
진한 감칠맛이 일품인
야마나시현의 명물!
강한 불에서 간장 양념으로
빠르게 조려내어
윤기가 흐르고 짭조름한 맛이
특징이다.

오쳐킨차쿠

유부 주머니 안에
쫄깃한 떡!

고부 마키

다시마 말이. 고르는 사람
한 번도 못 봤다…!

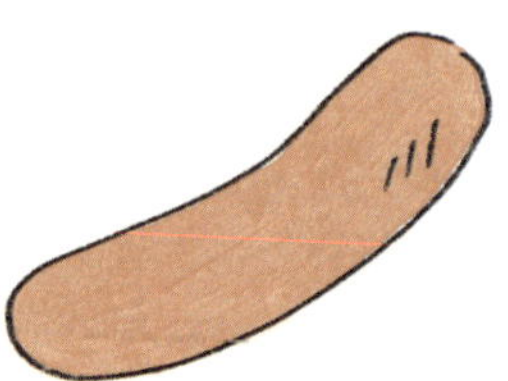

비엔나소시지

어떻게 이걸 국물에
담글 생각을 했을까?

쓰쿠네쿠시

야키토리를
오뎅으로!

아지쓰케 다마고

삶은 계란. 개인적으로
늘 고르는 메뉴.

무스비 시라타키

곤약면 식감이
뽀득뽀득 재밌다.

고보 마키

우엉과 오뎅 조합.

사쓰마 아게

튀겨서
도톰하고 고소하다.

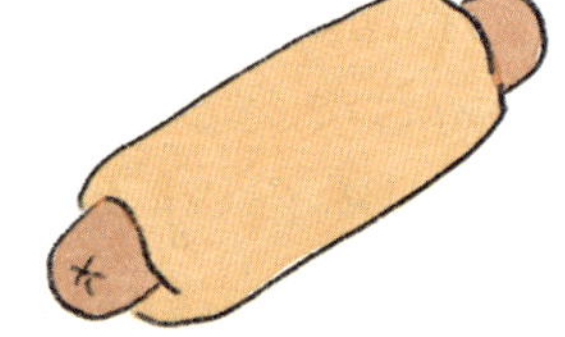

비엔나마키

실패 없는 비엔나와
오뎅 조합…!

대표적인 오뎅 정보를 모아보았다.
오뎅타로토에서도 편의점 오뎅을 살 때에도 유익한 정보!

롤 캬베쓰
겨울엔 역시 롤캬베쓰!

다시마키 다마고
달콤 짭짤 일본식
계란말이.

슈마이 마키
오뎅 안에 슈마이.

지쿠와
오뎅하면 가장 먼저
떠오르는 메뉴.

곤냐쿠
곤약 오뎅.

다이콘
직역하면 '무'
매니아층이 있는 것 같다.

규스치우시
소힘줄
꼬치 오뎅.

한펜
호빵 같은 생김새,
푹신 밍밍한 오뎅.

야키도후
늘 고르는 메뉴 중 하나.
이름 그대로 구운 두부.

📍 Oden Tagoto (Nishiogi minami)
Tokyo, Suginami City, Nishiogi minami, 2-6-14

이즈카 정미점

벚꽃길로 유명한 나카메구로역의
아래쪽 주택가에 위치한
작은 쌀가게.
가쿠게이다이가쿠역에서
도보 5분 거리다.

쌀 본연의 맛을
전하고 싶다는 마음에서
신선한 쌀로 지은 밥으로 만든
오니기리를 판매하는 곳.

오니기리는 매실, 연어, 명란,
튀김, 멸치, 참치마요 등
스무 종류 이상!

추천 메뉴

고슬고슬한 밥에 소금 간 살짝.
예전엔 이걸 무슨 맛으로 먹나 했는데
미소시루나 비엔나 소시지랑
잘 어울린다는 친구의 말을 듣고
좋아졌다.

| 시오

연어알 주머니

/ 스지코 \

신선한 연어알이 가득...

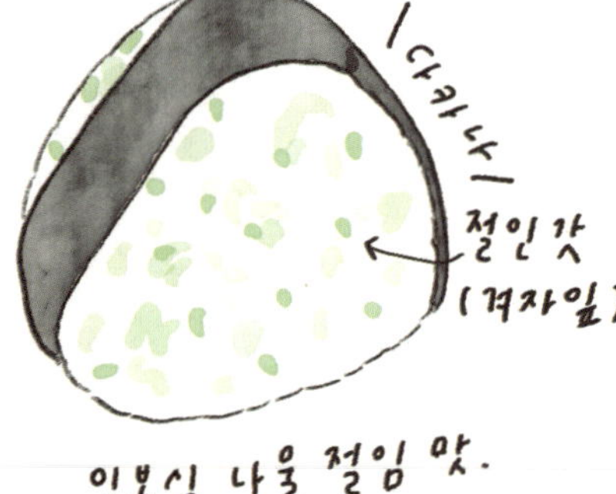

| 다카나 |

절인 갓
(겨자잎)

일본식 나물 절임 맛.

오니기리에 사용한 쌀인
'오니기리쿤'도 판매한다.
역시 쌀가게는 다르구만~

| 무농약 고시히카리쌀 \

Iizuka Seimaiten
Tokyo, Meguro City, Himonya, 6-1-5

기치조지 사토우

기치조지역에서 5분 정도 걷다보면 다이아몬드라는
좁고 복작복작한 거리가 나온다. 그 거리에서 늘 줄 서서 먹는
멘치가쓰 맛집인 사토우. 정육점에서 튀겨주는 멘치가쓰라는 점이
독특하고, 맛 또한 좋아서 늘 인기 있는 곳이다.

회전율은 빠르지만
내 뒤로 줄이 우지 길어서
후다닥 주문했다.

이런 봉투에 담아준다.

추천 메뉴

\ 간소마루멘치가쓰 /

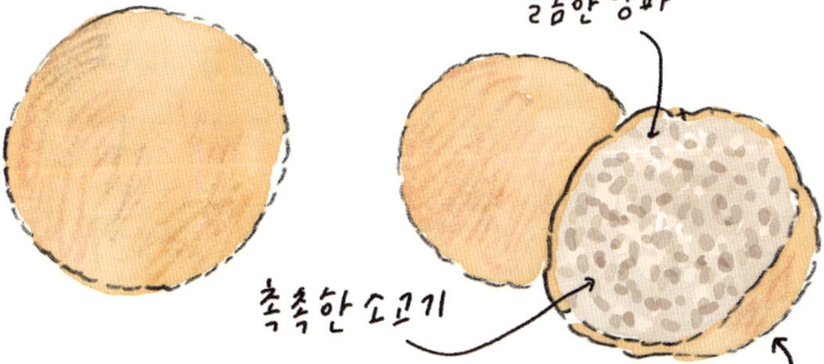

달콤한 양파

촉촉한 소고기

바삭한 튀김옷

\ 게키우마크로켓 /

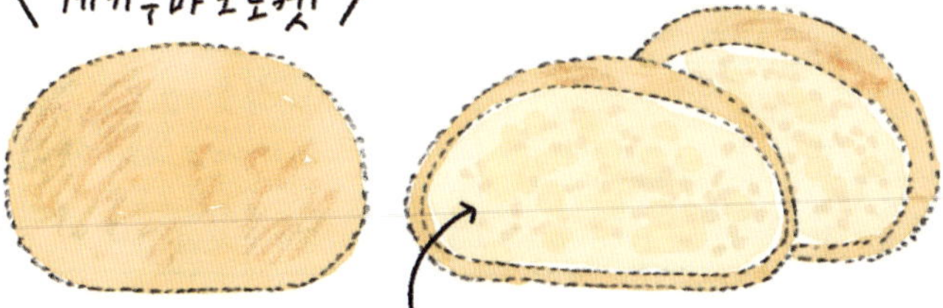

소고기 + 양파 + 홋카이도산 감자

눅눅해지기 전에
얼른 먹어야 맛있다고 하니
길에서 한 입 먹어보았다.

갓 나온 멘치가쓰는
맛이 없을 수가 없지만,
촉촉함과 바삭함이
살아 있어 아직까지도
생생하게 기억난다.

📍 Kichijoji Satou
Tokyo, Musashino, Kichijoji Honcho, 1-1-8

해산물특집

도쿄에서 신선한 스시, 카이센돈
맛집을 들르고 싶은 분들을 위해
간단히 소개해봅니다 ☺

일본의 대표적인 해산물 요리

< 사시미 >

신선한 생선 본연의 맛을 살려
썰어낸 생선회

< 에도마에스시 >

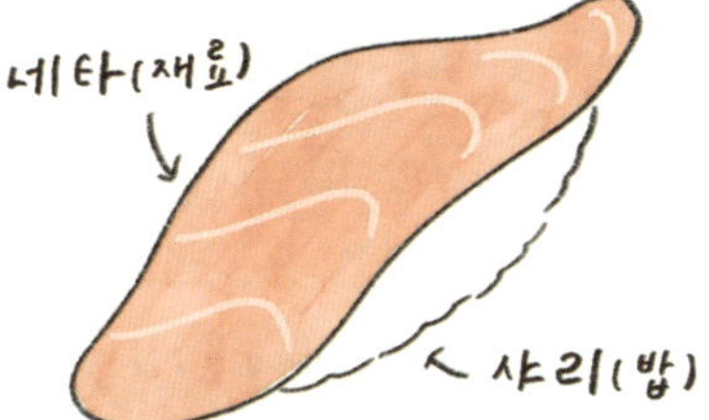

네타를 식초, 소금, 간장 등으로
숙성하여 만든
도쿄식 전통 초밥

< 바라치라시 >

잘게 썬 생선과 채소 고명을
양념한 밥 위에 흩뿌리듯
얹어 먹는 일본식 덮밥

< 카이센돈 >

신선한 해산물을 큼직하게
얹어 먹는 일본식 해물덮밥

합리적인 가격으로 즐기는 푸짐한 해산물 덮밥
스시 도코로와카
하루 여덟 개 한정
미소시루
계란말이
자완무시 (계란찜)
간장 양념에 절인 참치
혼마구로 도로즈케돈 (참치덮밥)
이걸 먹으려면 영업 시작 전에 미리 줄을 서야 할 수도···
한정 수량이라 금방 매진된다.
참치덮밥이 매진되었다면 이 메뉴도 추천!
사시미 테이쇼쿠 (13종 모듬회 정식)
Sushi Dokoro Waka (Adachi)
Tokyo, Adachi City, Senjyu yanagicho, 3-3

스시 쇼

요쓰야역 근처의 도쿄를 대표하는 에도마에 스시 맛집.
디너 메뉴인 오마카세 스시 코스가 유명하지만
호화스러운 바라치라시도 추천!

바라치라시는 자투리 생선을 모아
밥 위에 듬뿍 올린 것이라
보통은 저렴한 가격에 가볍게
즐길 수 있지만 이곳은 다르다..!

코스에 오르는 고급 사시미를
런치 메뉴에도 아낌없이
사용하기 때문이다.
좋은 식재료가 주는 정직한 맛 덕분에
점심시간이 한층 근사해진다.

📍 Sushi sho, yotsuya ten
Tokyo, Shinjuku City, yotsuya, 1-11 B易臨堂ビル 1F

스시 가네사카

☆☆
미슐랭 2스타

인기 스시집이 많이 있는 긴자에 위치했다.
가격대가 높기 때문에 자주는 못 가지만 한국에서 친구나 가족이
놀러오거나 특별한 기념일에 핑계 삼아 들르는 곳.

마구로 (참치)

고하다 (전어)

구루마에비 (보리새우)

아지 (전갱이)

가레이 (가자미)

아나고 (붕장어)

간표마키 (박고지김밥)

니하마구리 (삶은 대합)

스미이카 (갑오징어)

오마카세 스시집만의 특별한 경험 ☆
스시 장인이 스시를 만드는
모습을 보기만 해도 행복하다.

📍Sushi kanesaka
Tokyo, chuo city, Ginza, 8-10-3, 銀座三好ビル B1F

\ 맛있는 검은털 와규를 먹을 수 있는 곳 /

야키니쿠 하구레쿠모

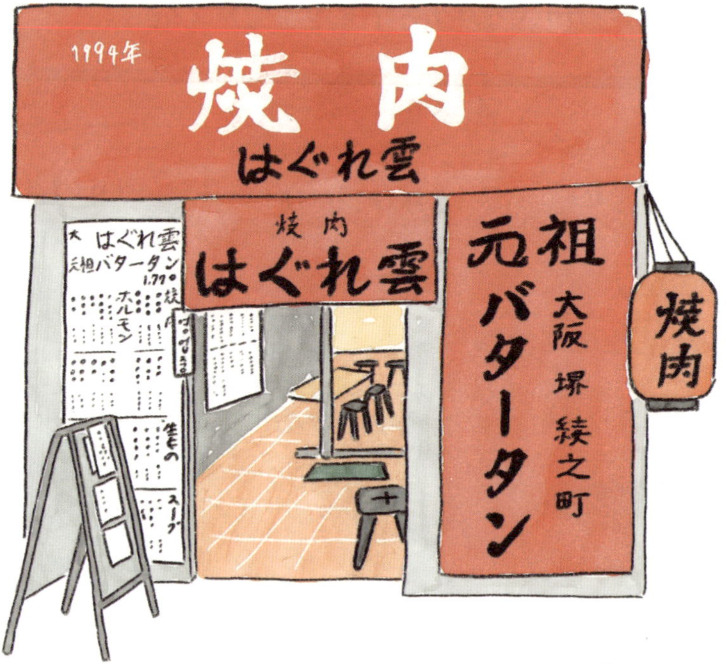

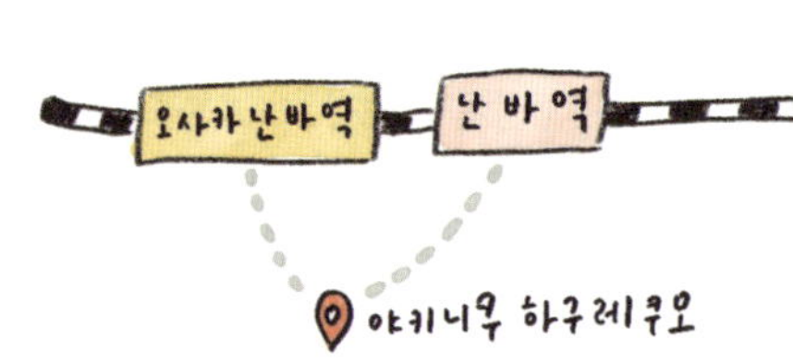

작지만 유명한 야키니쿠집이다.
오사카 난바역에서 도보 5분.
오사카 필수 관광지
도톤보리와 무척 가깝다!

메모

한국의 고깃집 분위기가 나지만
현지 손님이 대부분이라
이색적인 느낌이 물씬 ~

포일 위의 버터

우설은 매일 매장에서
직접 껍질을 벗겨 손질한다.
신선함의 차원이 다른
이곳만의 자부심이 가득한 메뉴!

질긴 혀끝 부분은
과감히 쳐내고
가장 부드러운 안쪽부터
중간 부위까지만 사용한다.

마늘과 참기름으로 양념한 우설을
녹인 버터에 구워 먹는다.

녹는 듯 부드러운 식감이
매력적인 메뉴.

📍 Yakiniku Hagurekumo Nanba
Osaka, Naniwa Ward, Nanbanaka, 1-7-21
菓佳波中央ビル 1F

오코노미야키 지구사

오사카의 덴마역 인근에서
오코노미야키를 파는
노포 식당. 현지인도
웨이팅을 해서 먹고
방송에도 출연한 맛집이다.

오코노미야키 먹으러 이곳에
간다고 하면 현지인들도
"오오 엄청난 곳 가네!"라고
말해줄 정도로 유서 깊은 곳이다

메뉴 소개

소고기, 돼지고기,
오징어, 모듬 등 재료를
고를 수 있다.
지구사의 특징 중 하나는
고소한 양귀비 씨앗을
뿌려준다는 점!

종류가 많고 호불호가 안 갈릴
정도로 무난하게 맛있으며
비교적 저렴한 편.

오코노미야키처럼
재료를 고를 수 있다!

한여름에 가서 땀을 뻘뻘 흘리고
연기 때문에 눈이 침침해졌지만
정말 맛있게 먹었던 기억이 난다.

📍 okonomiyaki, chigusa
Osaka, Kita Ward, Tenjinbashi, 4-11-18

그릴 본

1960년대에 개업한 만큼
금방이라도 쓰러질 것 같은
외관의 오래된 노포.

이미 방송에도 많이 나왔고,
관광 가이드북에도 소개되어
오사카에서는 이미 유명하다.

\ 히레 비프 가쓰산도 /

인기 메뉴는 히레비프 가쓰산도.
부드러운 빵 사이에
두꺼운 소고기 커틀릿..
깔끔요담백한 소고기 부위.

가쓰산도의 어른버전!?
레드와인이 생각나는 맛..
퀄리티가 좋은 만큼
가격대가 있는 편이지만
여기서만 느낄 수 있는 맛이라
한번쯤 먹어보는 걸 추천!

📍Grill Bon
Osaka, Naniwa Ward, Ebisuhigashi, 1-17-17

교토에서 만나는 충격적인 히레가쓰산도
돈가스 시미즈

돈가스와 술을
함께 즐길 수 있는 곳.
돈가스 Bar …?

자리는 가게 마스터와
마주보고 앉는 카운터석뿐.
옆 손님과 말문이 트이면
친구가 될 수도 있다~!

동일한 가격의
로스가쓰산도도 있다.
육즙과 기름기가 많다.

📍 Tonkatsu Shimizu
Kyoto, kamigyo ward, kamiikesucho, 248-5

교토의 인기 라멘 가게

멘야 곳케이

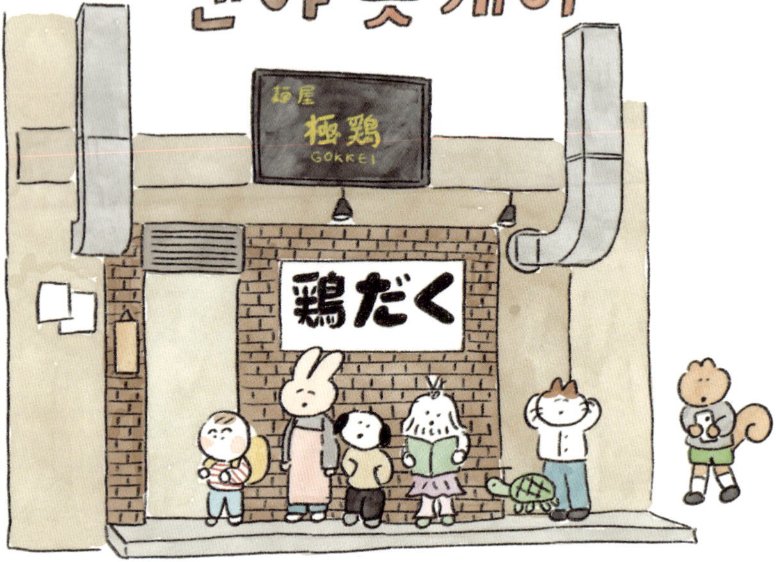

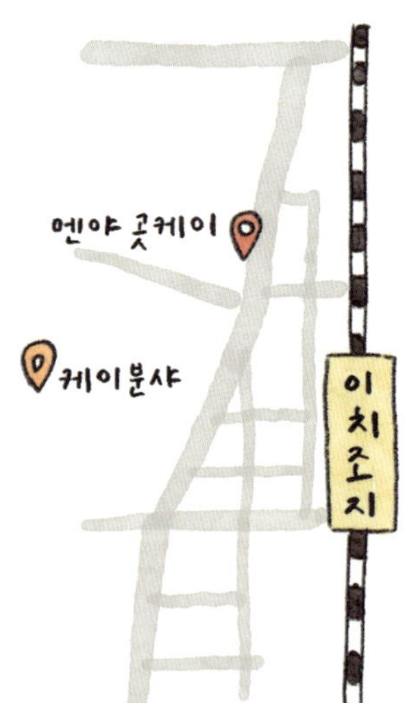

교토 이치조지역 근처의
라멘가게. 4장에서 소개할
케이분샤 서점과도 가깝고,
라멘 가게가 모인 라멘거리에
위치해 있다.

싸고, 푸짐하고, 맛있는
라멘 가게들이 모여 자연스럽게
라멘 성지가 되었다.
주머니가 가벼운 대학생들의
허기를 달래주던 곳.

메뉴

주문 기계에서 메뉴를 선택하고 결제한 뒤 입장하고,
직원에게 주문지를 전달하고 착석하면 된다.

일본 음식점 리뷰 플랫폼인
타베로그 라멘 부문 랭킹 1위의 맛은!?

\\도리다쿠/

닭 육수 기반의 라멘.
비빔면에 가까울 정도로
꾸덕한 느낌이고,
면이 국물 위에 올려진 듯한
비주얼이다.

\\아카다쿠/

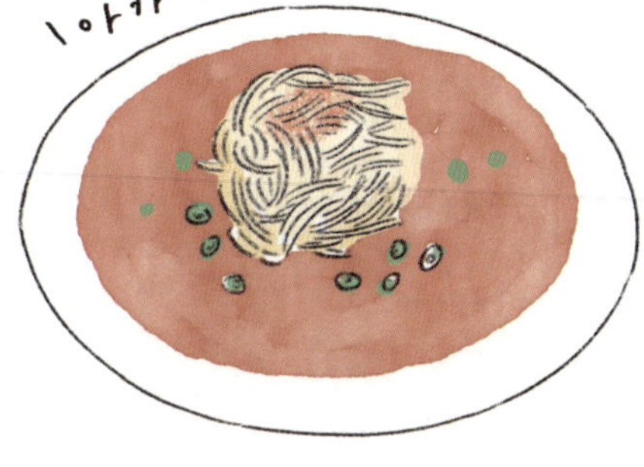

도리다쿠의
매운맛 버전 🌶

유명 맛집이라 그런지 컵라면 상품도 있다.
도리다쿠를 한국에서도
경험하고 싶다면 구매 추천 ☆

📍 Menya gokkei
Kyoto, Sakyo Ward, Ichijoji Nishitojikawaracho
29-7

고베에 놀러오는 친구랑 꼭 들르는 곳

우나주

고베로 이사온 후 축하할 일이 생기거나
손님들이 찾아올 때면 꼭 들르는 장어덮밥집.
현지인들도 인정한 고베의 유명 맛집이다.

고베의 중심가인 산노미야
옆동네인 모토마치.
작은 골목에 위치한
장어덮밥 가게이다.

평일인데도 점심시간엔
손님들이 줄을 서 있다.

모토마치 주변에 오래된
킷사텐, 잡화점이 많고
중화거리가 있어서
둘러보기도 좋다.

아주 심플하고 정갈한 장어덮밥.
반찬으로 절임오이, 절임무, 그리고
장국이 같이 나온다.

식전에 내어주시는
따뜻한 차

/ 우나기주 \

/ 우나기주 정식 \

동그란 돈부리 그릇에
담겨 있다.

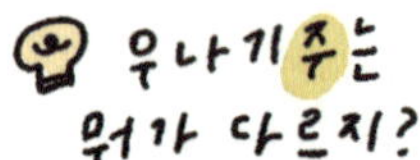

사각형 쥬바코(찬합)에 들어 있고
장어양이 더 많다.

일본여행을 자주 가는 친구가
지금껏 먹어본 장어덮밥 중
제일 맛있다고 한다!
다행이야 ~

처음 방문한 날 메모

친한 친구가 회사 면접에서
좋은 결과를 얻은 날 데려갔다!

우나기주특상

그동안 고생했던 만큼
새 직장에서 좋은 일만 가득하길,
그리고 이직 준비하느라
수고 했다는 마음을 담아 ...
맛있는 밥을 사주고 싶었다.

같이 주문했던
아사히 미쓰야 사이다.
병에 들어 있다.

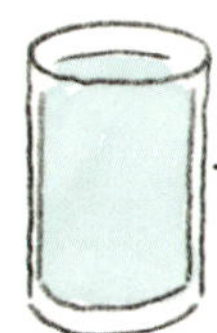

유리병에 든
사이다를
오랜만에 봐서
반가웠다.

처음 먹어보고 너무 맛있어서
한국에서 놀러온 친구들이랑
함께 식사 약속이 있다면
여기를 소개한다.

멀리서 온 귀한 손님이니
정성껏 대접하고 싶은 마음..
내가 제일 좋아하는 밥집
데리고 가기 ☺

📍 Unajyu
Kobe, Chuo Ward, Motomachidori, 2-5-14

잡화점

36

sublo

기치조지의 작은 문구점

36 사브로

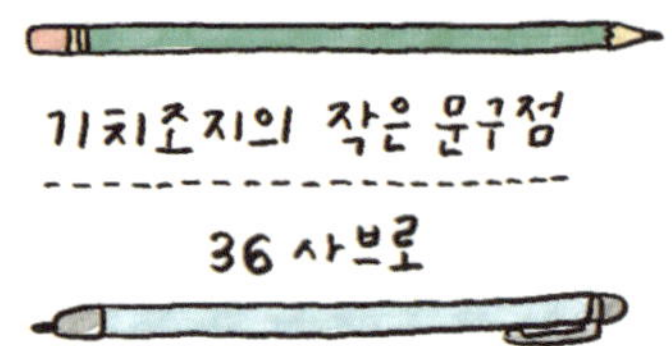

가게 안을 빼곡히 채우고 있는 문구와 잡화들.

세 명만 들어가도 복작복작한 작은 공간이다.

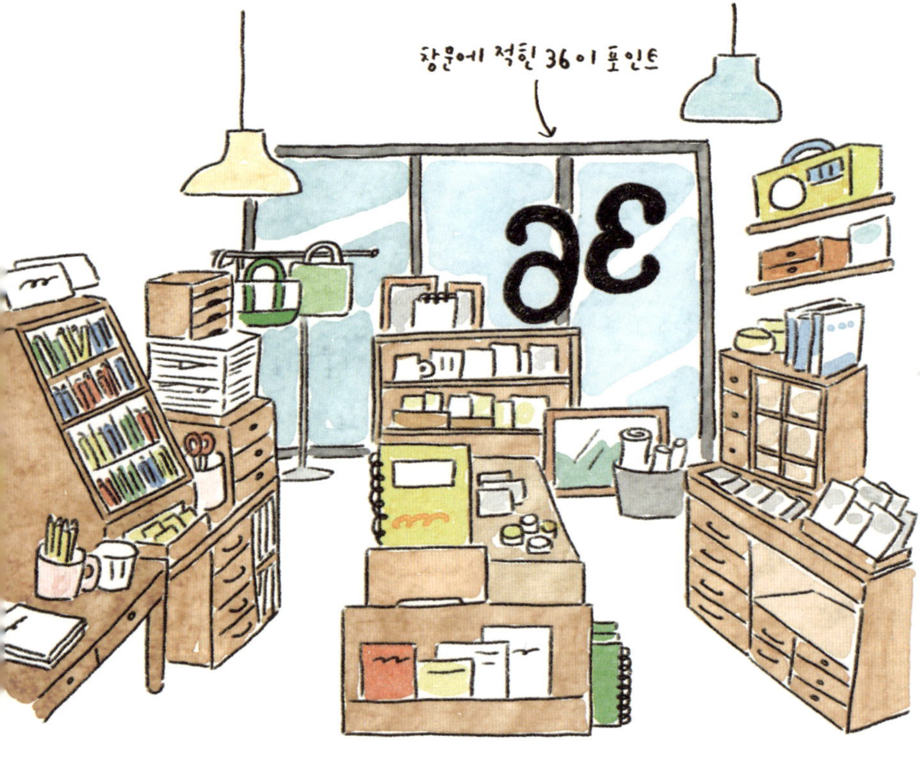

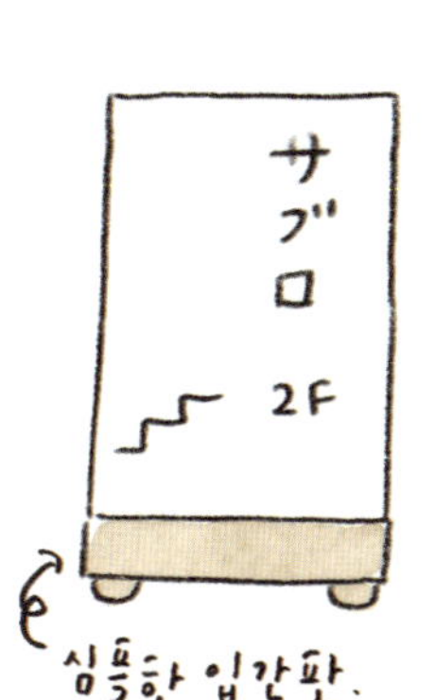

오너 무라카미 씨는
본가인 교토에서 가족이 운영했던
오래된 문구점을 계기로 36사브로를
시작했다고 한다.
어릴 적 가족과 늘 함께 해온 문구점의
영향인지, 36사브로에는 어딘가
그리운 느낌이 드는 물건들이 많다.
＊ 지금은 교토에도 매장이 생겼다 !

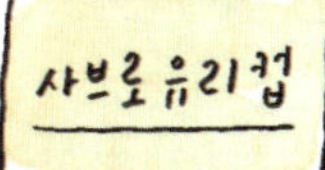

자체 제작
오리지널 굿즈 !
색감이 귀엽다.

스위치를 켜면
불이 들어온다 ✧

36 sub10 의 물건들

1. 아라빅 미니 & 탱크 물풀 세트

어디에 쓰는 물건인고.. 하니
물풀이었다. 리필 작업이
재밌어 보이는 문구 ☆

2회 정도 리필 가능

2. 문진 달력

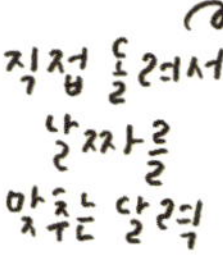

직접 돌려서
날짜를
맞추는 달력

문진뿐 아니라 달력으로도 쓸 수 있다.
무려 2059년까지..!
바다가 생각나는 푸른 색감이 멋지다.

3. 귤 키링

알맹이 한알 한알이
매우 정교한 미니어처 키링.
귤이 생각나는 계절에
꺼내고 싶다.

4. 식빵 지우개

봉투까지 리얼하다.
지우개인데
아까워서 이걸
어떻게 쓰지..?

5. 후에키 풀

뚜껑 →

풀이랑
작은 스쿱이 들어 있다.
무려 160g 대용량.

레트로 감성이 물씬 풍기는 귀여운 외관.
천연 녹말 성분의 고품질 풀이다.
다 쓰고 남은 통은 저금통으로도 쓸 수 있다!

6

교자펜꽂이

딱 보면 펜꽂이인 줄 모를 만큼
교자 모양 그 자체다.
안정감이 있는 편이라
3색 볼펜 등등 두꺼운 필기구를
꽂아두어도 좋을 것 같다.

7

축음기 연필깎이

앤틱한 축음기…가 아니라
연필깎이.
디테일이나 질감이 꽤 정교해서
책상에 올려두기만 해도
뭔가 근사하다.

8

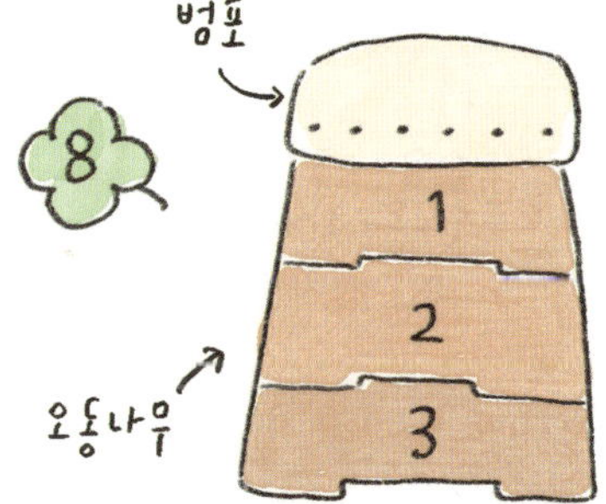

뚜껑틀 수납장

귀여운 손바닥 크기 사이즈.
책상 위에 굴러 다니는 작은 물건들을
수납하기에 딱이다.
선물로도 좋을 것 같다.

📍 36Sublo
Tokyo, Musashino, Kichijoji Honcho, 2-4-16, 原ビル 2F

FOG LINEN WORK

포그 리넨 워크

부드러운 색감과
심플한 디자인의 리넨잡화로
가득한 포그 리넨 워크.
빈티지 성지로 유명한
시모키타자와에 있다.

포그 리넨 워크에서만 볼 수 있는 오리지널 제품 이외에도
세계 각국에서 온 액세서리와 인테리어 잡화도 판매 중이다.
리넨 잡화들은 선물로도 좋을 것 같다.

주방 잡화, 침구, 의류, 소품들은
원단 생산부터 디자인까지
전부 포그 리넨 워크의 오리지널.

만드는 사람과 쓰는 사람 서로가
마음을 나눌 수 있는 따뜻한 물건들.. ♡

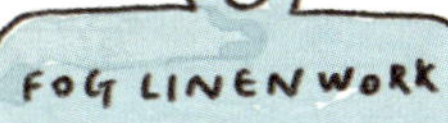

📍 리투아니아

포그 리넨 워크의 리넨 제품은
전부 여기서 만들어진다.
일본에서 생산 요청을 하면
리투아니아에서 직접 섬유를
짜고 봉제해서 생산하는 방식

여름은 덥고 겨울은 추운 기후는
리넨 원료를 재배하기에
적합하다고 한다.

📍 인도

아는 사람은 다 아는 수제 왕국.
철제 바구니, 트레이, 망고우드트레이등
다양한 오리지널 제품을 인도에서 만든다.
예를 들면 철제 바구니를 인도의
작은 마을에 사는 가족이 총출동해서 만드는 것..!
기계로 만든 치밀함 보다는 손으로 직접 만든
소박함과 따뜻함이 느껴진다.

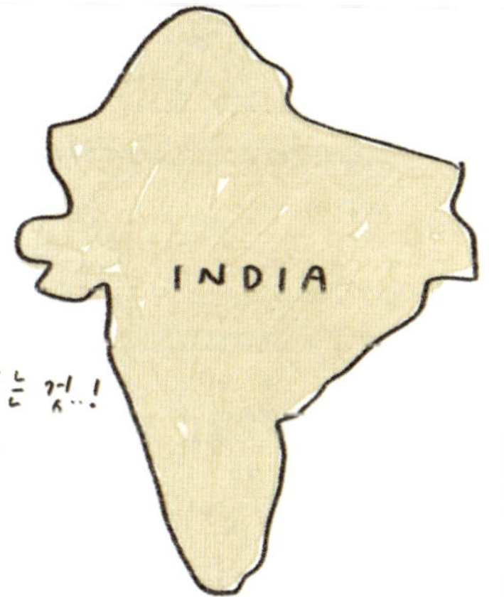

매일 사용하는 리넨 제품들은 세탁하고 나서
햇볕에 말릴 때마다 더 애착이 생긴다.

🔖 오랫동안 변형 없이 쓰고 싶다면‥

① 모양이 망가지는 게 신경 쓰인다면 세탁망에 넣기
② 진한 색상의 리넨 제품들은 처음에 물빠짐, 이염주의
③ 의류의 경우 건조기, 뜨거운 물은 삼가할 것 (원단 수축 방지)
④ 탈수 후 쫙 펴서 말리기

추천 아이템

아기가 생기고 나서 맨 처음 산 건 포그 리넨 워크의 신생아 용품.
처음 입히는 만큼 좋아하는 가게에서 산 걸 입히고 싶었다!

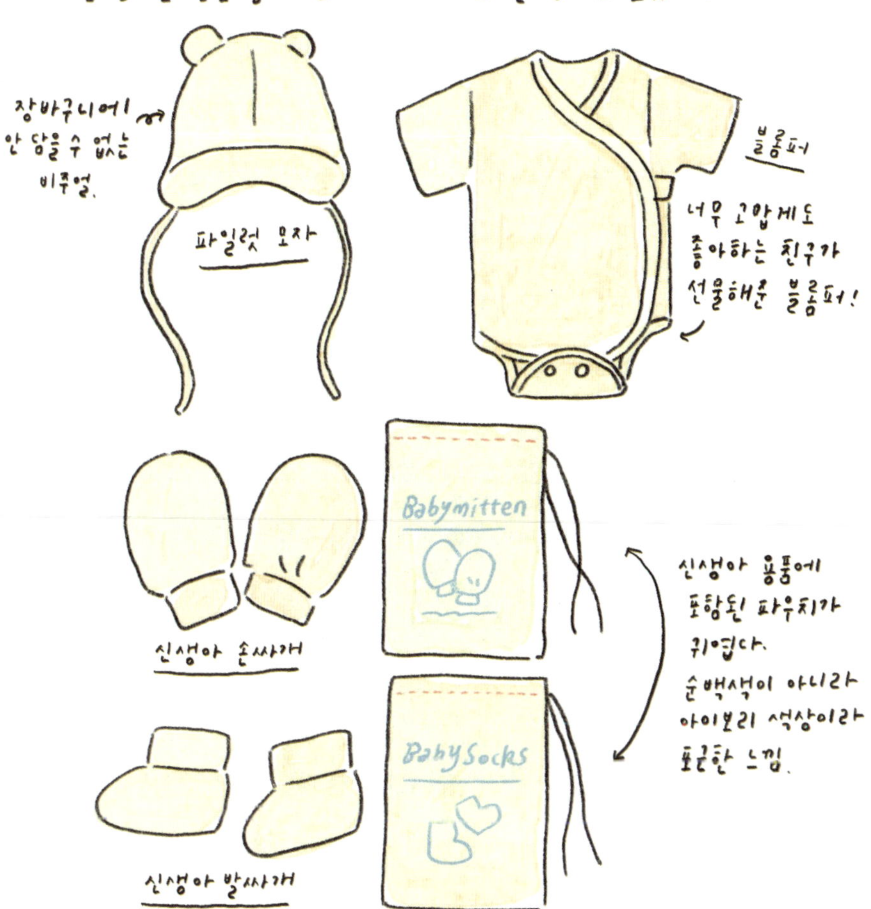

📍 FOG LINEN WORK
Tokyo, Setagaya City, Daita, 5-35-1

도쿄 에비스에 위치한 도자기 냄비 상점

이가모노

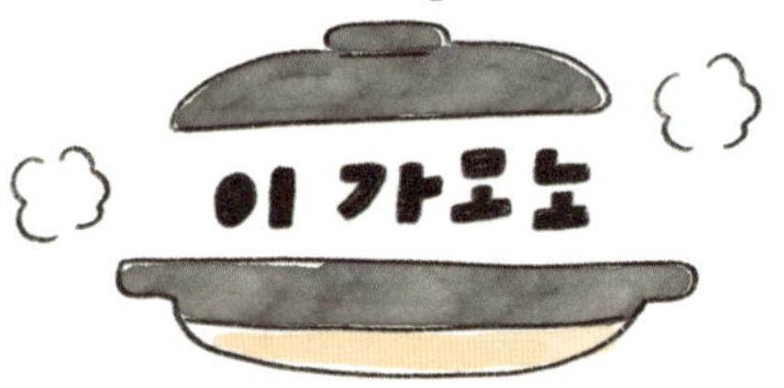

1832년에 이가 지역에서 시작한
오랜 전통을 가진 도자기 솥 브랜드.
솥밥에 도전해보고 싶어서 고민하다가
아름다운 매장의 분위기에 이끌려
이가모노의 도자기 솥을 구입했다.

이가 모노

이가 → 닌자로 유명한 지역 일본 미에현

모노 → 물건이라는 뜻

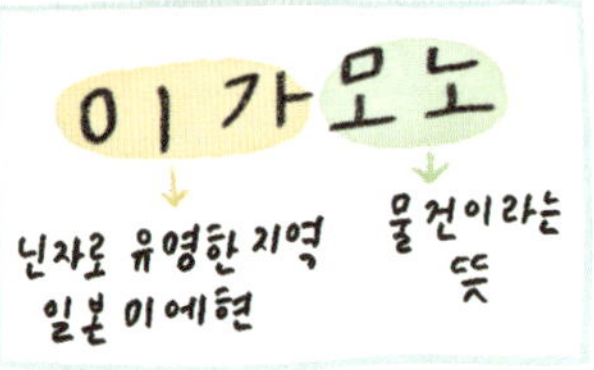

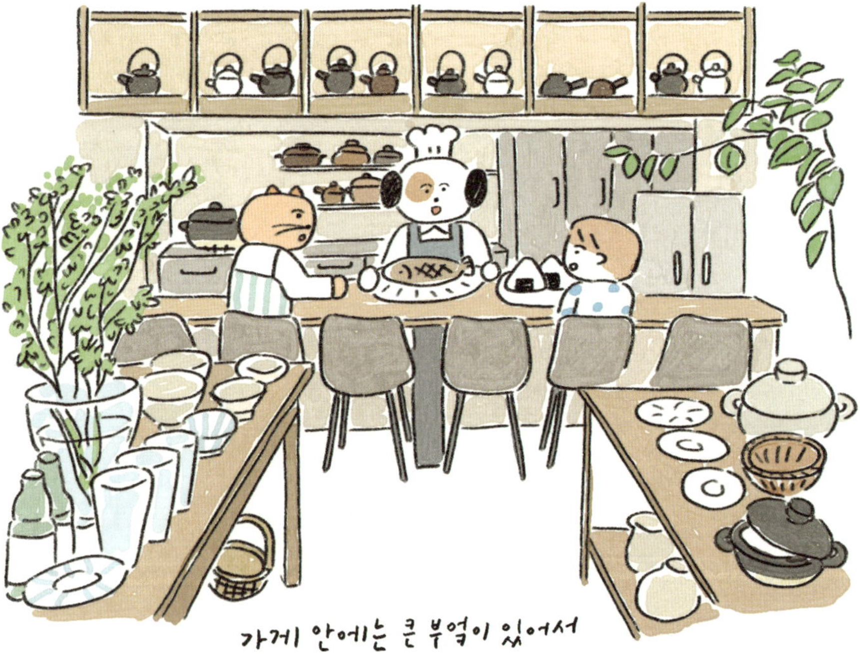

가게 안에는 큰 부엌이 있어서
요리교실과 워크숍이 열리기도 한다.

대표상품

가마도상

요리 초보라도 솥밥을 간단하게
즐길 수 있는 롱셀러 모델!
크기가 여러 가지 있는데
3-6인용 사이즈를 구입해서
매우 애용하고 있다.
이걸로 요리하면 뭐든 맛있어 보인다.

훗쿠라상

이가 지역 흙의 특징을 살린
만능 뚝배기. 요리를 완성한 후에
식탁 위에 바로 뚝배기 채로
올려서 먹으면 음식을
다 먹을 때까지 따뜻하다.

플레이트 부분이
넓어서 생선
요리에
어울린다.

(된장국   냄비)
(미소시루 나베)

둥글고 두꺼운 생김새로
가스불을 끄고 나서 잔열로도
음식이 맛있게 조리된다.
미소시루처럼 시간을 들일수록
맛이 깊어지는 조림, 찜 요리에도
잘 어울리는 냄비.

연어버터솥밥

가마도상으로
자주 만들어 먹은
간단 솥밥 레시피 ①

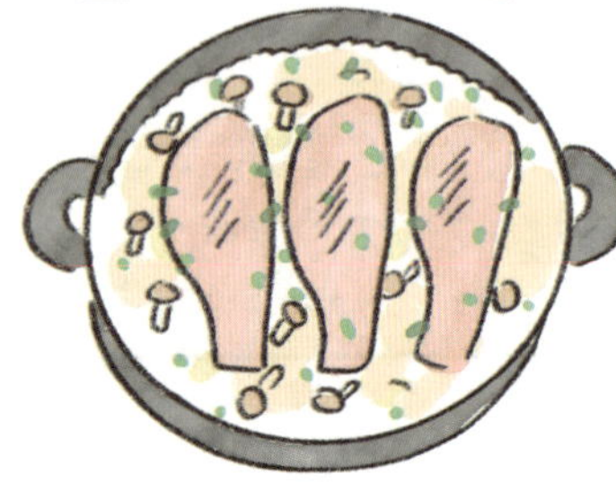

- 쌀 … 2컵
- 연어 … 3장
- 쪽파 … 취향껏
- 편마늘 취향껏
- 느타리 버섯 … 1팩
- 버터 … 1큰술

Ⓐ {
간장, 맛술, 미림 … 2큰술
혼 다시 … 1작은술
}

1. 쌀은 씻어서 30분 정도 불린다.

2. 연어는 미리 구워둔다.

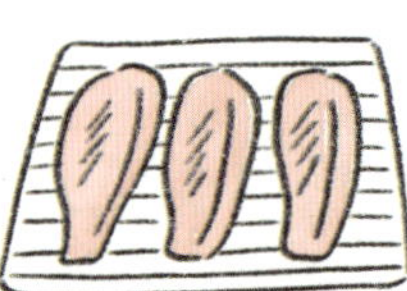

3. 쪽파는 쫑쫑 썰고, 느타리 버섯의 밑동을 잘라둔다.

4. 버터에 다진 마늘을 볶고 마늘향이 나면 쌀을 넣어 볶기

5. 불은 쌀과 1:1 비율로 넣고, 버섯과 Ⓐ를 넣는다.

6. 중간불로 놓고 끓으면 중약불 10분 → 약불 5분

7. 불을 끄고 쪽파를 넣고 10분 뜸 들이기

완성
취향에 따라 버터 한 조각을 올려먹기~

가지솥밥

가마도상으로
자주 만들어 먹은
간단 솥밥 레시피 ②

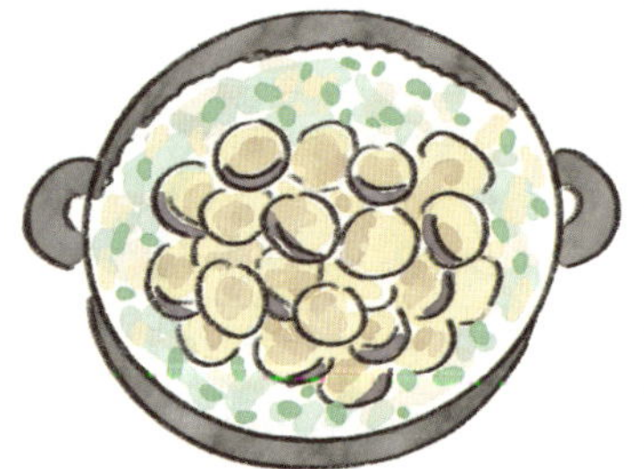

- 쌀 ‥ 2컵
- 가지 ‥ 3개
- 다시마 ‥ 1장
- 참기름 ‥ 1큰술
- 쪽파

Ⓐ [• 간장 ‥ 2큰술
    • 참기름 ‥ 1큰술]

Ⓑ [• 간장 ‥ 4큰술
    • 부추, 참기름, 통깨 ‥ 1큰술
    • 매실청, 고춧가루 ‥ 1/2큰술]

1. 0.5cm 두께로 자른 가지에 Ⓐ를 넣어 밑간.

2. 쌀은 씻은 뒤 다시마를 넣고 30분 정도 불린다.

3. 가지는 Ⓐ를 넣고 약간 굽기

4. 참기름을 넣고 쌀 볶기

5. ②의 쌀 불린 물을 쌀과 1:1 비율로 넣는다.

6. 가지도 넣고 끓이다가 물이 끓으면 뚜껑 덮기!

7. 약불 15분 → 불 끄고 5분 뜸들이기

8. 뜸 들이는 동안 Ⓑ로 양념장을 만든다.

9. 쪽파를 뿌려서 완성—!
김이랑 싸먹으면 더 맛있다 :)

Nagatanien Tokyo Store igamono
Tokyo, Shibuya, Ebisu, 4-11-8

월넛 도쿄

《아미리수(amirisu)》라는
뜨개잡지에서 시작한 가게로
교토와 도쿄에 매장이 있다.
작은 규모지만 첫눈에 반할 만큼
아름다운 털실들을 모아둔 상점.

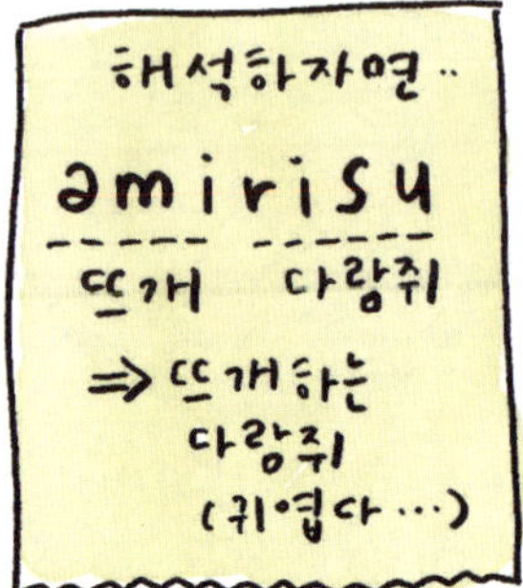

대형 수예 용품 체인점인
유자와야, 오카다야와
다른 점이라면 오프라인에서
쉽게 볼 수 없는 해외 수입
털실들을 구경할 수 있다는 것!

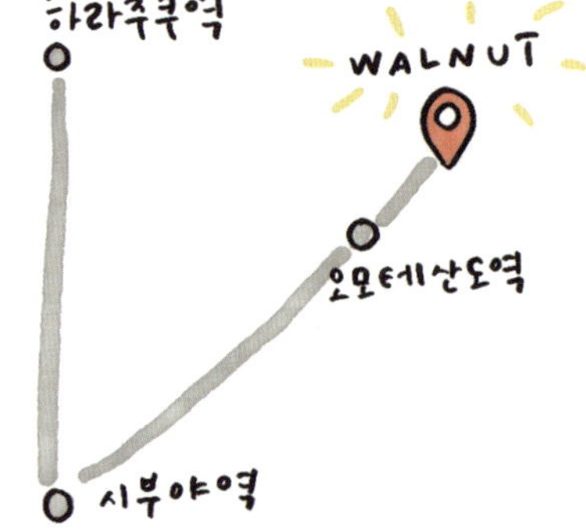

도쿄에서 회사 다닐 당시
동료와 함께 점심시간에
오모테산도까지 걸어가서
털실 구경하는 시간이
큰 즐거움이었다.

회사에서 오모테산도까지
걸어가는 길이 참 예뻤음.
(기억 미화일 수도…)

점원분들께서 착용하고 계신
뜨개 아이템을 구경하는 것도
재미있는 경험..!

그림으로 그릴 수 없을 정도로
굉장히 다양한
뜨개 무늬
--->

이날 봤던 숄은
손 뜨개라고는 믿을 수 없을 만큼
정교하고 섬세한
작품이었다.

어떤 도안을 보고
뜨신 건지,
털실은 어떤 걸
사용한 건지 여쭤면
친절하게 알려주신다.

신고 계신
양말도 당연히
뜨개 양말.
멋지고 귀엽다.

월넛 둘러보기

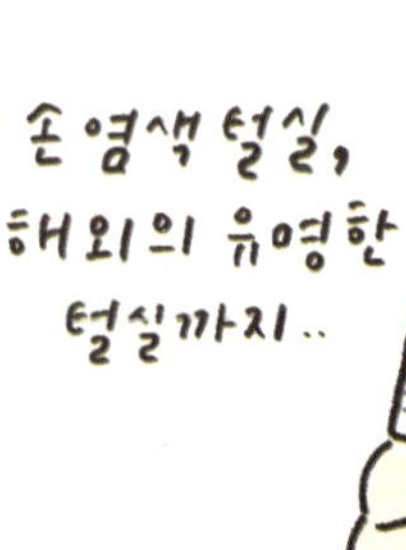

손 염색 털실,
해외의 유명한
털실까지..

고급 털실을 주로
판매하는 만큼
가격대가 살짝
높은 편이다.

가게 구석구석에는
손 뜨개 양말이 걸려 있다

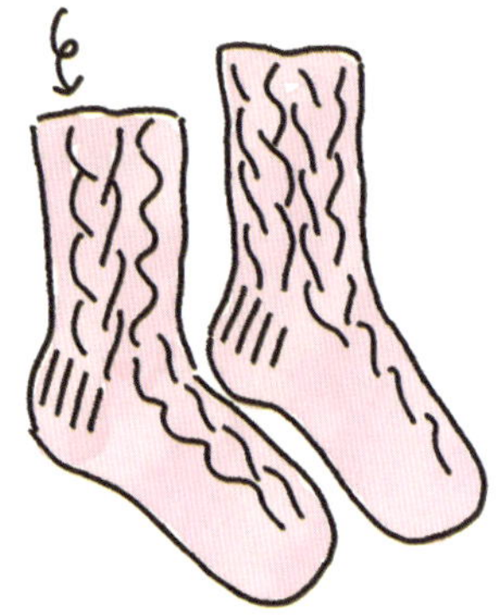

가지고 있으면
기분 좋을 것 같은
수예용품들

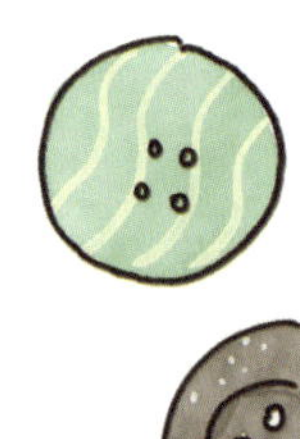

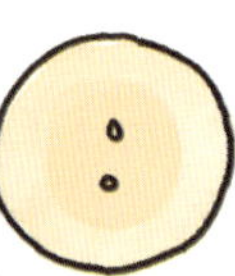

인터넷으로만
봤었던
HiyaHiya의
스틸 대바늘

아름다운
단추들

자체 제작 굿즈도
판매한다.
기념품처럼 구입할 만한
물건으로는 에코백을 추천~!

에코백에는 amirisu라는
잡지 이름이랑 잘 어울리는
다람쥐가 그려져 있다.
뜨개하는 모습이
매우 귀엽다…!

가게 한편에서는 양말뜨개, 바느질 등
다양한 작품을 만드는 워크숍이 한창이다.

뜨개 작가분들도 직접 참석하시는 모양이다.
개인적으로는 amirisu 유튜브 채널에서만 봤던
창업자 중 한 명인 도쿠코 선생님을 뵌 게 신선한 기억으로 남아 있다.

털실을 계산할 때
점원분께서 이 털실로
어떤 걸 뜨는지 종종 물어보시는데,

도안 이름을 말씀드리면
대부분은 점원분들도 이미
알고 계셔서 반가웠다.

그 당시 뜨고 있던 건
히로세 미토리 님의
마크라메 모티브
스웨터.

내가 처음으로 구입한
스웨터 도안.

지금 생각해보면
처음 뜨는 스웨터치고는
난이도가 높았던 것 같다.
사용했던 털실도 나에겐
과분했던 듯‥ 응

도안과 털실은 훌륭한데
완성작이 영 마음에 안 들어서
한 번 입고 옷장속에 방치한
비운의 스웨터‥

월넛의 포인트카드 적립 이름이
누가 봐도 한국인이라 그런가
점원분께서 먼저 기억해주시고
말도 걸어주셨다.

지난번에 만들던 스웨터는 완성했냐는 점원분의 물음엔
대답하지 못한 채… 카레빵을 테이크아웃해서
회사까지 돌아가는 길을 좋아했다. 뜨개가 가장 재밌는 계절인
겨울이 찾아오기 전, 조금 쌀쌀해지면 항상 생각나는 곳.

📍WALNUT TOKYO
Tokyo, Shibuya, Jingumae, 5-39-3,
表参道 オオサキエ3ビル 1F

책 이외에도 잡화, 문구, 먹거리, 음반까지
책과 관련된 이런저런 상품을 판매하는 셀렉트숍.
대형 체인 서점에 비해 규모가 크지는 않지만
점장님과 노련한 스태프의 취향이 잔뜩 묻어나는 서점 안을
돌아다니다보면 어느새 시간이 훌쩍 지나 있다.

케이분샤는 교토역에서 조금 떨어진 이치조지역 근처에 있지만
교토에 볼 일이 있다면 꼭 시간을 내서 들를 만큼 좋아하는 곳이다.

표지부터
관심 가는 책들..

미야자와 겐지의 소설을
엄지손가락 크기로 제본한
아주 작은 책 시리즈

무민 시리즈 복간.
편집, 디자인까지
옛날 느낌으로 재현.

たのしい
ムーミン一家

책을 좋아하는 사람은 물론
전혀 읽지 않는 사람도
충분히 즐겁게 구경할 수 있을 공간.

케이분샤의 공간은 용도에 따라서
나뉘어 있다.

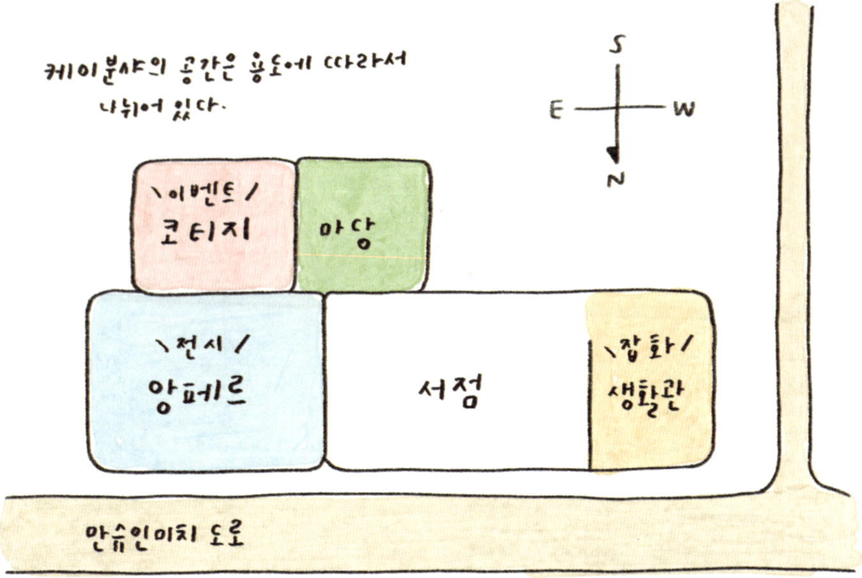

이벤트를 위한 공간.
토크이벤트, 라이브 같은
사람과 사람이 만나는
여러 가지 행사가
열린다.

사진, 그림 등을
전시하는 갤러리.
학생부터 유명 작가까지
참여 중이다.
작은 전시지만
좋은 작품, 좋은 굿즈를
구경할 수 있다.

의식주와 관련된 책과
잡화들이 있는 공간.
특이한 부분은 요리책 옆에
계란말이용 프라이팬이나
예쁜 그릇 같은 주방 용품을
묶어서 판매하는 것.

책 넣기 딱 좋은
천 가방

손바닥 크기의
미피 다루마

캐시미어 소재의
니트 책갈피

유리 주전자

소가죽 동전 지갑

atelier moppy
봉제 인형

날짜, 별점, 재료,
간단한 메모를
남길 수 있는 모눈 속지.

레시피 메모장.

keibunsha Ichijojiten
Kyoto, Sakyo Ward, Ichijoji Haraitonocho, 10

고베 작은 골목의 북유럽 빈티지 셀렉트숍
Lotta

차분한 분위기의 가게 안에는 좀처럼 볼 수 없는
디자인이나 색상의 빈티지 잡화들이 가득하다.

Lotta에는 오너 부부가 스웨덴, 핀란드 등 북유럽에서
가져온 물건들로 채워져 있다.
세련된 감각과 센스로 고른 물건들이다 보니
빈티지지만 상태가 좋다.

고베에 이사 왔을 때 집들이 선물로 ARABIA의 빈티지 접시 두 장을 받았는데,
여기서 구입했다는 이야기를 듣고 알게 된 곳이다.

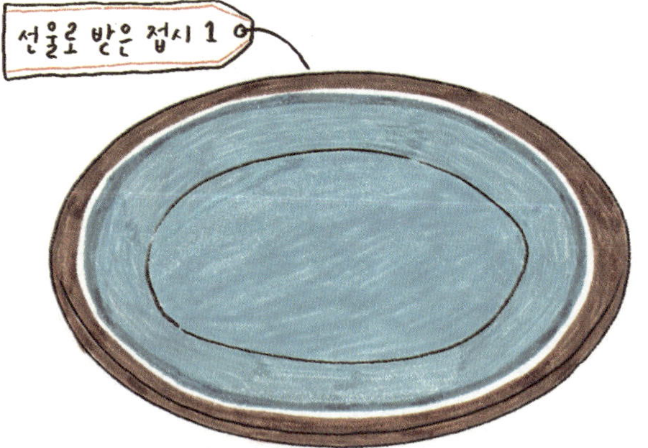

ARABIA meri 접시 (25.5cm)

ARABIA otso 접시 (25.5cm)

접시와 그릇이 메인이지만 액세서리나 핸드메이드 가방,
바다 건너온 수입 잡화들도 판매 중!

도쿄에 살 때는 일상에 치여 요리를 전혀 안(못) 했는데
고베에 오고 나서는 요리에 조금씩 재미를 붙이게 된지라
식기에도 관심이 생긴다.

ARABIA 티컵 세트
패턴과 색감이 귀엽다!

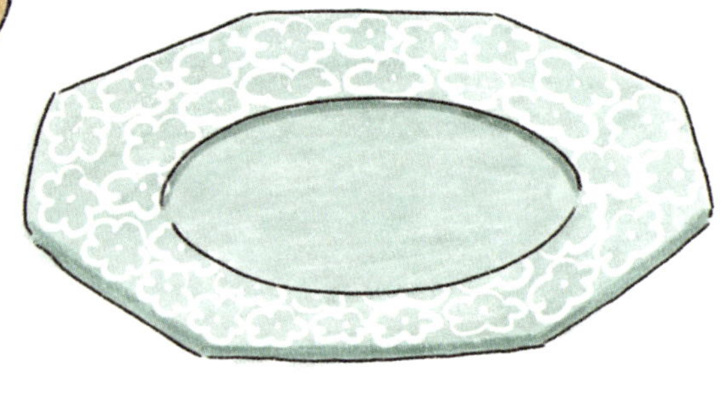

azur
Jens H. Quistgaard 접시

CUTIPOL 커틀러리 세트
골드 X 화이트

은은한 광택이 고급스러운
골드 컬러의 커틀러리.

덴마크 kronjyden 사의 아주르 시리즈.
가장 인기 많고 생산 수량이 적어서
희귀하다. 모서리가 각진 건 통절··

최근에 새로운 도전을 하게 된 친구들에게
기쁜 마음으로 선물한 것들.

집들이 선물로 고맙게 받은 ARABIA의 빈티지 접시를 떠올리며
나도 즐거운 마음으로 골랐다!
좋아해줬으면 좋겠다😊

📍Lotta
Kobe, Chuo Ward, Sakaemachidori, 3-1-11 乙仲3パートメント
IF

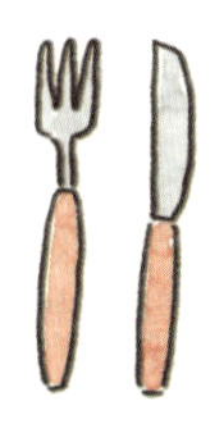

고베에 이사 오고나서
집 안에 둘 귀여운 물건을
찾던 중에 발견한 잡화 가게.
오너분께서 세계 곳곳에서
발견하신 물건들을 판매한다.

베트남, 태국, 인도 등등
아시아 잡화부터
북유럽의 식기까지
다양한 물건들이 빼곡히
진열되어 있는 공간!

가게 밖에는 바구니들이 잔뜩! 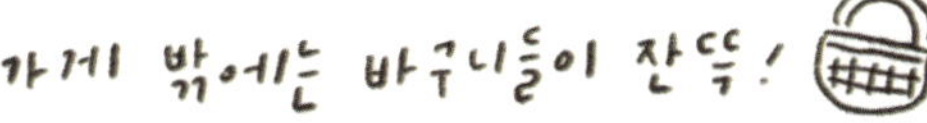

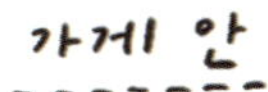

가게 안

가본 적 없는
어느 다른 나라에 있는 주방을
통째로 옮겨놓은 것 같다.
무질서 속의 질서..!?

한 가지 카테고리로 묶기에는 애매한 다양한 잡화들.
각 물건의 매력을 제대로 보여주는 방식을
나이프의 애정 어린 진열장을 보고 조금이나마 알게 되었다.

191

소소한 구입 목록

① 물고기 모양 파우치

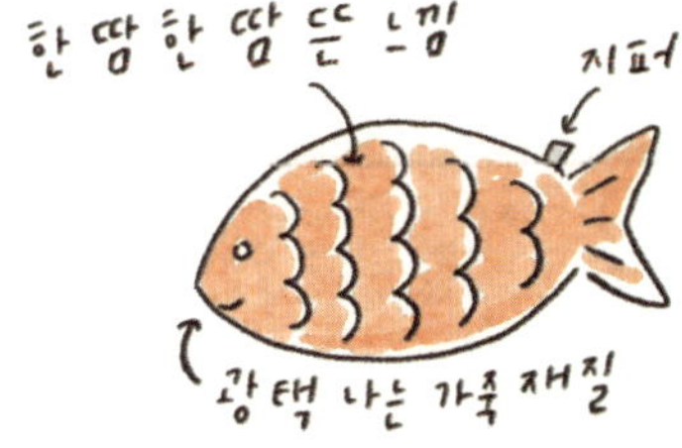

② 스테인드글라스 조명

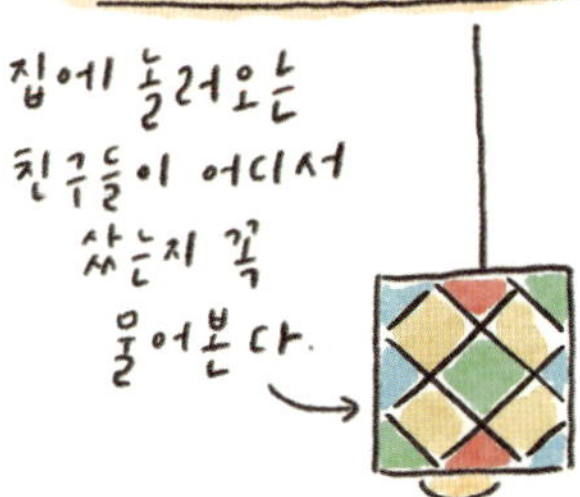

③ 라탄 바구니 (털실용)

④ 라탄 바구니 (식자재용)

⑤ 빈티지한 식물 걸이

⑥ 식기 매트

ᴑNAIFS

Kobe, Higashinada Ward, Motoyama Kitamachi,
3-6-2

유자와야

yuzawaya

뜨개, 자수, 재봉, 미술 등등
손으로 직접 만드는 것과 관련된
다양한 부자재를 판매하는 가게.

/ 벌써
3년 전인가

코 잡기도 겨우 하던 시절..

유자와야는 몇 년 전 뜨개를
처음 배울 때 들르게 된 곳이다.
이렇게 단골이 될 정도로 뜨개에
진지하게 빠지게 될 줄은 몰랐지.. 😊

첫 코바늘

Tulip의 금속 코바늘.
양 끝이 각각 5호 / 7호인
듀얼 타입이다.
인생 첫 코바늘 작품(?)인
파우치를 완성했다.

첫 대바늘

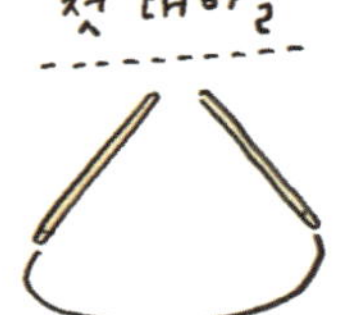

Clover의 타쿠미 줄 대바늘.
이걸로 처음으로 목도리를 떴다.
엉망진창이었지만 😶..

단추 고르기

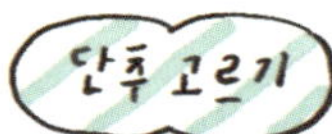

유자와야에서 털실 코너 다음으로
신중히 구경하는 공간..!
가디건을 뜰 때는 어떤 단추를 달지
늘 30분 넘게 고민한다.

동그란 나무 단추부터
조개 껍질로 만든 단추,
보석을 박아 넣은 것 같은 단추까지
크기도 모양도 다양하다.

벽 전체가
단추 판매용 서랍장.
한약방 같기도..

가장 자주 들른 점포는
유자와야 기치조지점!
역에서 가깝고 집 가는 길이라
회사 퇴근하고 자주 들렀다.

매장에 전시된
작가님들의 작품을
구경할 수 있다.

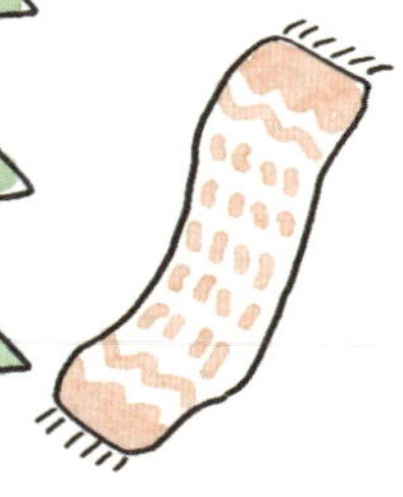

항상 믿고 구매하는
DARUMA의 포근한 털실과
OPAL의 귀여운 양말용 털실들‥
뜨개는 사계절 내내
즐거운 취미지만
역시 겨울이 제철

기회가 된다면
유자와야 회원증을
만드는 게 좋아요!
할인 혜택은 물론
포인트도 쌓인답니다.

yuzawaya · 전국체인

\ 커피원두와 식료품 판매점 /

KALDI COFFEE FARM

칼디

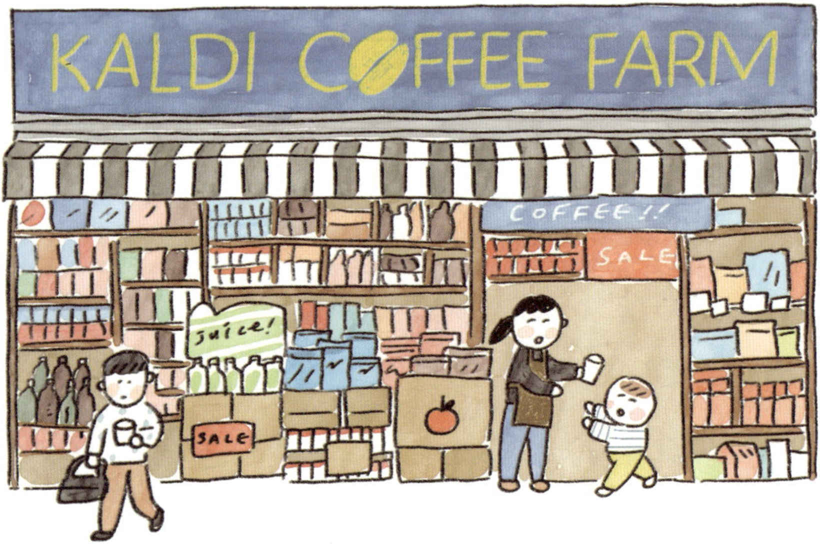

원래는 커피 원두를 파는 가게지만 지금은 다양한 수입 식료품을 판매한다. 과자나 시리얼, 잼, 즉석식품, 음료. 주류 등등 볼 게 무지 많아서 요리에 관심이 크게 없었을 때도 자주 들렀다.

특이한 점은 매장에 입장하면 점원분께서 무료 커피를 나눠주신다는 것.

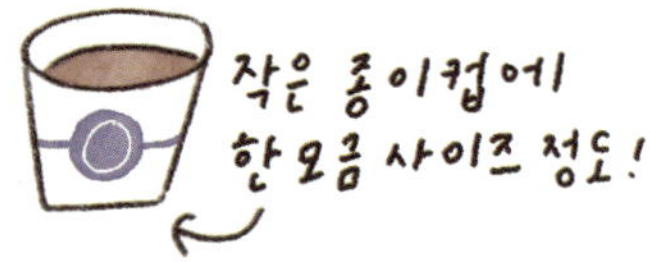

작은 종이컵에 한 모금 사이즈 정도!

* 매장이나 때에 따라 달라서 못 마주칠 수도 있다.

체인점인 칼디는 점포가 도쿄만 해도 100개가 넘는다.
일본 여행 중 재미난 식료품 가게에 들러보고 싶다면
구글맵을 열어 칼디를 검색해보자!

고등어 통조림

← 스페어립
통조림

캠벨수프

둘러보기

매일 먹기에는 약간
부담스럽지만 어쩌다
한 번쯤 기분 전환으로
먹으면 즐거울 듯한
통조림들. 익숙한 캠벨
수프는 가게 한구석에
탑처럼 쌓여 있다.

커피 원두를 파는 가게답게
클래식부터 기간 한정 원두까지
서른 종류가 넘는 커피 원두가 있다.

기간 한정 커피원두
→ 겨울엔 깊은 풍미의 원두,
  봄에는 산미가 있는 원두가
  나와서 계절에 어울리는
  커피를 즐길 수 있다.

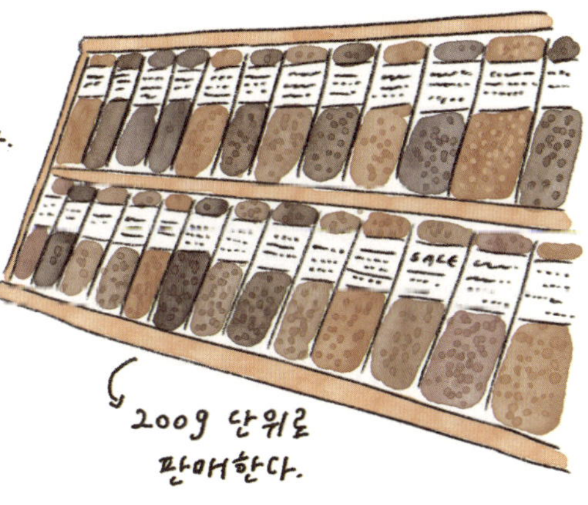

↳ 200g 단위로
판매한다.

내 마음대로 추천상품

오구라 앙버터 스프레드

홋카이도산 팥으로 만든 팥소에
버터를 가득 넣어 깊은 풍미가
느껴지는 스프레드.

당 충전 1000%.

멜론빵 스프레드

식빵에 발라서 구우면 멜론향과
바삭바삭한 식감, 달콤한 맛을
즐길 수 있는 스프레드

젓가락으로 격자무늬를
그어서 구우면
모양까지 멜론빵!

안닌도후 :
살구씨, 우유,
한천으로 만든
중국식 젤리.

팩 그대로 냉장고에
넣어서 먹거나

가열 후 틀에 담아 취향껏
과일을 넣고 냉장고에서 식혀도 OK

판다 안닌도후

판다 디자인의 패키지로
칼디의 꾸준한 인기 상품.
부드럽고 매끈한 푸딩 같은 식감.
연한 우유맛이 난다.

모카 킬리만자로 커피젤리

오오... 꽤 진심이 느껴지는 커피 젤리.
에티오피아 모카, 킬리만자로 베이스.
달콤하고 산뜻한 맛.

덤으로 들어 있는
커피크림, 설탕을
뿌려드세요 ☺

비리아니 키트

닭고기, 좋아하는 야채만 준비하면
그럴 듯한 비리아니를 만들 수 있는 키트.
취향껏 민트, 고수 등을 넣으면 더 맛있다.

＊ 비리아니 :
　인도의 쌀요리

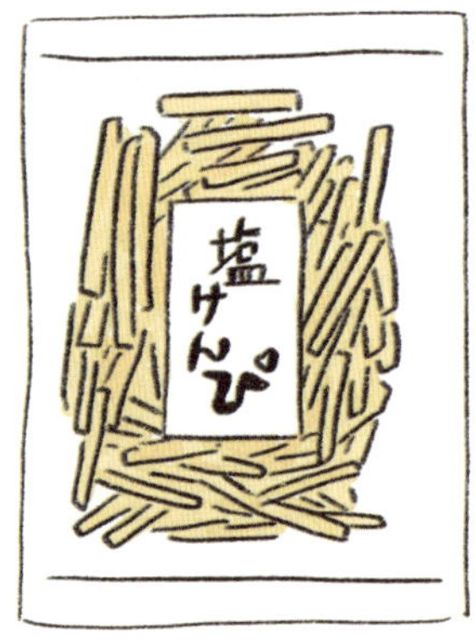

시오 켄피

일본산 고구마에
고치현의 해양 심층수 소금을 사용한
스틱형 과자

단짠이 일품!
간식으로 최고～

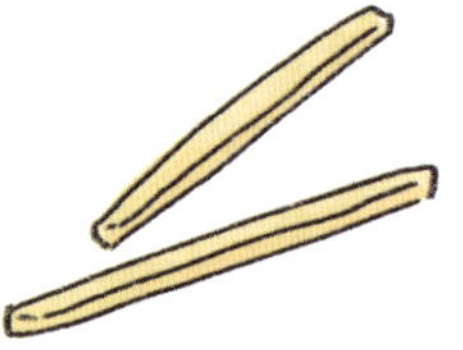

얇고 길게 썰려 있어
한 입에 먹기 좋고
식감이 바삭하다.

우마 이와시

간토 지방의 가장 동쪽에 있는
바닷가 마을 '조시'의 정어리를
마늘, 양파, 허브에 절인 조미료.

팟타이 세트

매콤달콤한 태국식 볶음 국수 키트.
양념 소스와 쫄깃한 쌀국수 면이 들어 있다.
새우, 부추, 고수 등 취향껏
재료를 넣어서 만들면 된다.

연어 사이쿄야키

사이쿄즈케 소스와 생선·고기 등 재료만 있다면
된장의 감칠맛이 스며든 사이쿄야키가 간단히 완성!

<재료>
- 쿠이신보 사이쿄즈케 소스 (50g)
- 연어 한 덩이 (약 100g)

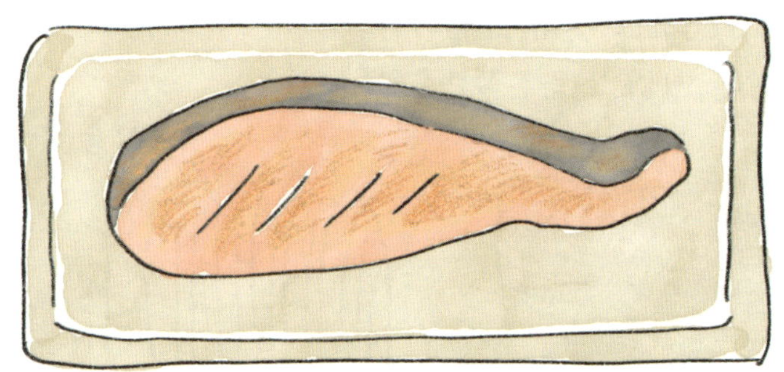

① <밑손질>
키친타월로 연어 수분 제거.
연어에 사이쿄즈케 소스를
발라서 냉장고에
12시간 이상 재운다.

② 프라이팬에 쿠킹시트를 깔고
연어의 껍질부터 약불로 5~7분 굽기.
반대쪽도 약불로 3분 정도 구워 완성!

수 타이 얌운센

삶은 당면에 새우, 다진 돼지고기, 얌 소스를
곁들인 태국식 당면 샐러드.
단맛, 신맛, 매운맛이 섞인 소스가 중독적!

< 재료 >
- 수 타이 얌운센 세트
- 칵테일새우 (60g)
- 다진 돼지고기 (50g)
- 자색양파 1/4개
- 방울토마토 4개
- 고수 취향껏

① < 밑손질 >
자색양파는 얇게,
방울토마토는 2-4등분,
고수는 적당히 썬다.

② 칵테일새우,
고기를 각각
2분 정도 삶는다.

③ 키트의 당면을
1~2분 삶는다.

④ 당면이 뜨거울 때
①·②, 동봉된 얌 소스,
건더기를 넣고 섞어서
완성!

📍 Kaldi Coffee Farm · 전국 체인

TODAY'S
SPECIAL

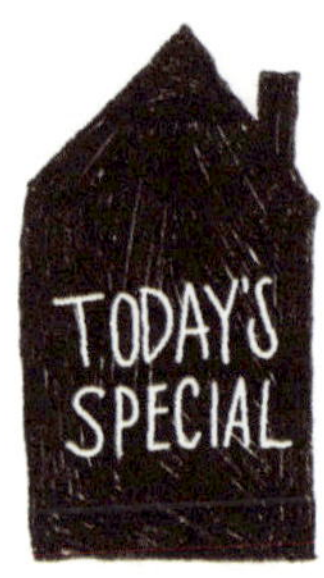

매일을 특별하게 만들어줄 잡화점

TODAY'S SPECIAL

오늘의 특별함이라는 이름처럼
누군가의 특별한 하루를 위한 물건들로
가득한 선물가게.

도쿄, 교토, 고베에 여덟 개의 점포가 있다.
내가 자주 들르는 곳은 고베점이지만
도쿄의 지유가오카점도 추천한다.

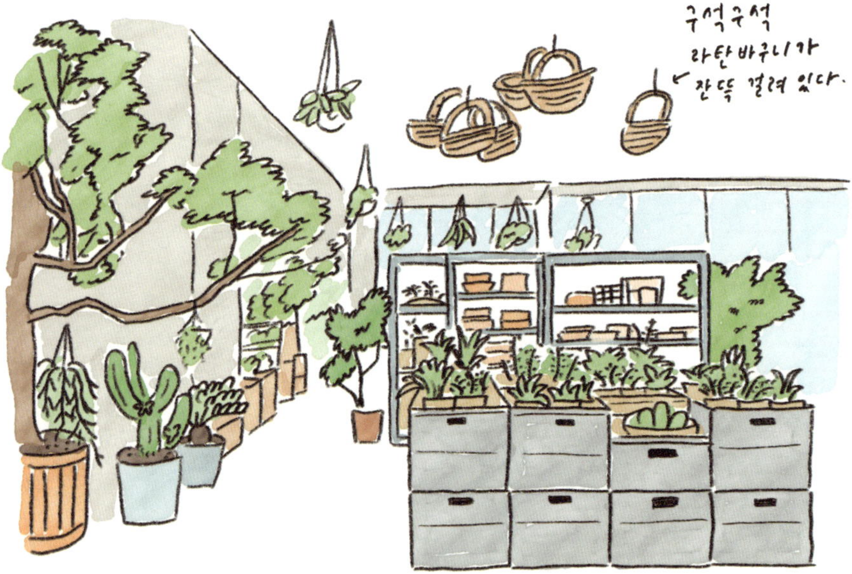
구석구석
라탄바구니가
잔뜩 걸려 있다.

각 점포에서 추구하는 테마에 따라
진열 방식, 물건들도 조금씩 다른게 특징.

식물 상점이라고 착각할 수
있을 정도로 다양한 원예 관련
상품들도 판매한다.

(뒷장에서 자세히 소개합니다.)

최근에 구입한 특별함은
KINTO의 투명 찻잔 세트와
아주 작은 쿠키용 접시.
아침에 따뜻한 차와 쿠키를
즐기는 설레임을 느끼기 위해
눈이 자동으로 일찍 떠진다.

지난 겨울에 매장 입구에서
발견한 WOOL AND THE GANG의
별키한 털실들!

오프라인에서 실제로
보는 건 처음이라
기억에 남는다.

사진에서 봤던 것처럼
왕 크고 왕 귀여운 털실이었다…!

커피, 뜨개, 펀치니들 같은 다양한 워크샵이 열린다.
각 분야의 전문가 선생님들이 오신다!

기간한정으로 빈티지 잡화 또는 빵, 구움과자 팝업스토어도 열린다!
팝업스토어가 열리는 날은 가게 입구에 빵이나 쿠키가
잔뜩 있어서 어떤 마을의 시장에 놀러온 것 같다.

 눈여겨본 팝업스토어 메모··

가마빵 & 스토어

식사로 손색없는
쫄깃하고 고소한 빵들~

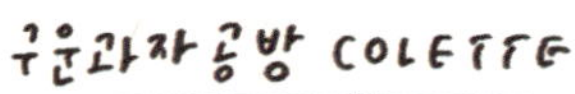

구운과자공방 COLETTE

프랑스과자 히나타도

시치온도 베이커리

패키지가 귀여운
까늘레
←

일정, 내용은 점포마다 다르니
공식 홈페이지를 참고하면 좋다.
http://www.todaysspecial.jp/event

즐거운 소비

아침 공복에 아이스아메리카노 대신
따뜻한 차를 마시려고 구입.

처음 한 달은 열심히 검은콩차,
루이보스티를 우려 마셨지만
구입 후 일 년이 지난 지금은 얼음 그득 넣은
아이스아메리카노를 마신다…
습관을 고치는 데에는 실패했지만
지금도 애용하는 유리컵.

색상이 오묘하다.

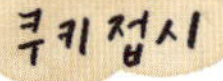

쿠키 두세 개가 들어가는
작고 귀여운 접시.

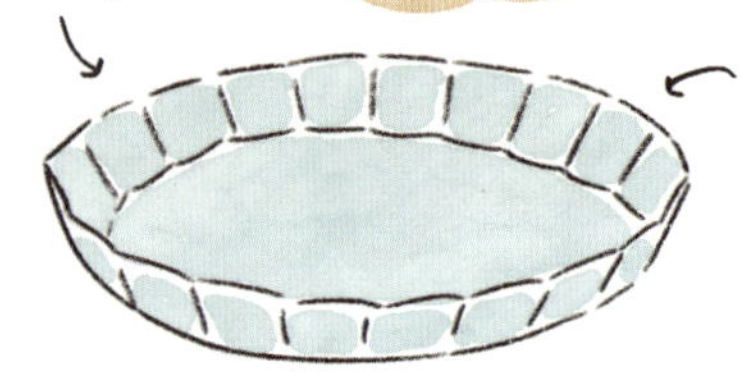

드라이프루트 세트

여러 과일이 들어 있다.
그중 딸기는 꼭 그림으로 그린 것처럼
예쁘게 생겼다.

밍밍한 차에 둥둥 떠다니는
딸기는 엄청난 맛이 나진 않지만
보기만 해도 기분 UP

작은 유리 꽃병

식물에는 전혀 취미가 없지만
마침 봄바람이 물씬 풍겨오는지라
데려와 보았다. 덕분에 꽃집에서
열심히 꽃을 고르는 즐거움을 알게 되었지 :)

꽃과 함께하는 짧은 기간동안
열심히 봐두기!

최고의 밥그릇 (2개)

밥그릇을 한손으로 들어올릴때 적당한
무게감과 오돌토돌한 질감이 느껴진다.
이 밥그릇에 갓 지은 흰쌀밥을
소복하게 담으면 한 끼를 먹어도
근사하게 느껴진다.

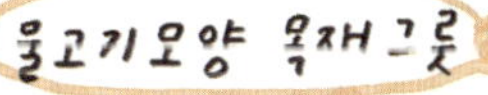
물고기모양 목재그릇

첫눈에 반했다. 원래는 음식을
담는 그릇으로 만들어진 모양이지만
신발장 위에 두고 각종 열쇠를 담는다.
매일 매일 봐도 귀엽다.

꽃무늬 빈티지 원피스

→ 4월말 ~ 5월초
그 당시 골든위크는 유난히
더워서 당장 내일이라도
바닷가에 가야 할 것 같은
강한 욕구가 생겼다··

단벌신사라 바닷가에 입고 갈
옷이 한 벌도 없었기 때문에
충동 구매한 원피스.

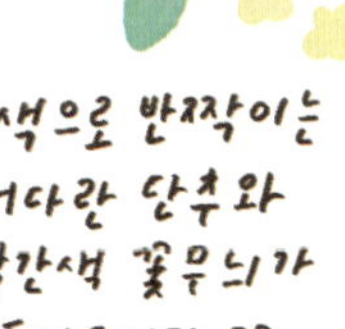

금색으로 반짝이는
커다란 단추와
빨간색 꽃무늬가
포인트이다 ☺

정말이지
그동안 뭘 입고
다녔던 건지··

챙이 넓은 멋쟁이 밀짚모자

위의 원피스와 함께 구입했다.
끈이 달려 있는데 별거 아닌 것 같지만
굉장히 편하다.

바람에 날아가지도 않고
대충 벗어서 등에 걸어도 된다.

여름마다 잘 썼는데
지금은 약간 찌그러져서
아마 이번 여름이 마지막 아닐까···

주방잡화, 의류, 액세서리, 문구, 식품 같은 다양한 카테고리 중에서도
특히 식물 코너가 재미있다.

들를 때마다 궁금한 건
이렇게 많은 식물들을
어떻게 관리하는건지‥
생화부터 허브, 다육이 등등
종류가 엄청난데
모두 초록초록해서
건강해 보인다.

드라이플라워도
아름다웠다‥
넋 놓고 열심히 구경했다.

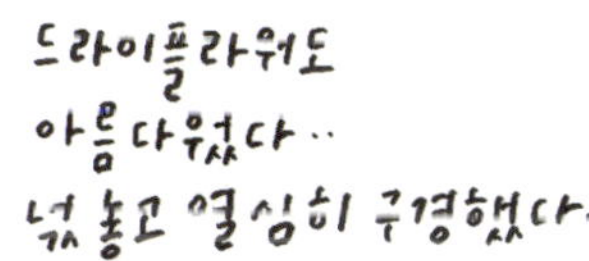

일본 마트 소개

카레 만드는 날

일본 마트의 식재료를
구경하고 사는 것을 좋아한다.

퇴근하고 라이프, 서밋, 세이유 같은
대형 마트를 자주 들렀다.
(한국의 이마트 같은 느낌이랄까)

카레 종류가 무지 많다.
나의 최애 카레는
글리코의 제핀카레 중간매운맛!

'카레세트'라는
표지판이 붙어 있던
양파, 당근, 감자

매일 저녁 찾아오는
세일타임도 놓칠 수 없다!

반값표시 스티커

KINOKUNIYA

기노쿠니야

집 근처 기치조지역에 있어서
약속 시간 전에 들르기 좋았다.
고급스러운 디저트류, 빵,
유기농 채소와 계란,
기노쿠니야만의 PB 상품들을
구경하는 재미가 쏠쏠하다!

약속 시간 전에 참지 못하고
구입해버린 커스터드 푸딩

기노쿠니야 굿즈 에코백
갖고 다니시는 분들을
꽤 자주 마주친다.

Odakyu OX

오다큐 OX

저렴한 편은 아니지만
오키나와의 기념품인 친스코처럼
특이한 식품을 판매한다.

＊우리동네 오다큐 앞에는
가끔 야키토리 트럭이 출몰하기도…!

QUEEN'S ISETAN

과일도 야채도 전부 엄선해서
아무거나 골라도 실패가 없다.
신선하고 좋은 식재료,
유기농 과일, 수입와인을 찾는다면
백화점 식품관 같은 퀸스 이세탄으로!

특히 유심히 구경하는
치즈 코너··
유럽 어딘가의 치즈 전문점을
옮겨둔 것 같다.

여름이라면
사전 예약으로 주문할 수 있는
홋카이도 엄선 멜론

빵 코너의
소고기 카레빵.

maruetsu

겨울철에는 군고구마를 파는데,
다른 마트보다 크기가 압도적으로 컸다.
개인적으로 조리 식품의 퀄리티가
꽤 괜찮았던 기억이··!

まいばすけっと

식재료를 1인분만 구매할 수 있다!

1인 가구에 특화된 슈퍼마켓.
소량의 식재료가 필요할 때
편리하다.

간단한 생필품, 냉동 식품 등
혼자서 생활하는 데에 필요한
것들을 갖추고 있다.

1인 가구로 생활하며
거의 포기 상태였던 요리를
지속하게 해준 곳!

다 때려넣고
대충 전골~

오사카, 교토, 고베
등에서 쉽게
만나볼 수 있다.

핫케이크

모리나가 핫케이크믹스

개인적으로 핫케이크 믹스는
모리나가 제품이 최고‥!
어디서든 구입하기 쉽고
뒷면에 정한 분량만 맞추면
전통 있는 킷사텐의 모닝 세트
부럽지 않은 핫케이크를 즐길 수 있다.

계란

마트에서는 보통 6구, 10구
계란을 판매한다.
흰색 계란, 황색 계란 중
취향껏 고르기 ~

유키지루시 버터

핫케이크랑 잘 어울리는 토핑.
홋카이도의 신선한 원유를 사용한
유키지루시 홋카이도 버터를
추천합니다 ~

요쓰바
홋카이도 도카치산
엄선 우유
(500ml)

쉽게 구할 수 있고,
핫케이크 만들
분량으로 충분하다.

- 모리나가 핫케이크믹스
  ⋯ 1봉지 (150g)

- 1계란 ⋯ 1개
- 우유 ⋯ 100ml

먼저 달걀+우유를 섞는다.

믹스를 추가해서 가볍게 섞기.
너무 많이 젓지 않을 것!

팬에 반죽을 붓고
구멍이 뚫리기 시작하면
뒤집기 → 반대편도 익히기

버터를 한 조각 올리면 완성~!
시럽을 뿌려도 좋아요 :)

일본 상점 산책

매일 가도 설레는 도쿄·간사이 단골 가게 그림일기

1판1쇄 펴냄 2026년 5월 13일

글·그림 장서영

펴낸이 김경태
편집 조현주 홍경화 강가연
디자인 박정영 김재현 | **마케팅** 정현우 김예은

펴낸곳 (주)출판사 클
출판등록 2012년 1월 5일 제311-2012-02호
주소 03385 서울시 은평구 연서로26길 25-6
전화 070-4176-4680 | 팩스 02-354-4680 | 이메일 bookkl@bookkl.com

ISBN 979-11-94374-80-0   02810

SHOP